U0107680

中国作家协会儿童文学委员会推荐

儿童文学名家新锐精品系列

散文·诗歌卷

彩虹飞扬的天空

CAIHONG FEIYANG DE TIANKONG

SANWEN SHIGE JUAN

高 凯 汤素兰 主编

接力出版社
Publishing House

奉献精品力作　点燃希望明灯

中国作家协会党组书记、副主席　金炳华

　　《中共中央国务院关于进一步加强和改进未成年人思想道德建设的若干意见》指出："要积极推动少儿文化艺术繁荣健康发展。加强少儿文艺创作、表演队伍建设，注重少儿文艺骨干力量。鼓励作家、艺术家肩负起培养和教育下一代的历史责任，多创作思想内容健康、富有艺术感染力的少儿作品。"少年儿童是祖国的未来，是中国特色社会主义事业的接班人。目前全国约有3.6亿少年儿童，他们的思想道德状况和文化素养，直接关系到中华民族精神的继承和弘扬，直接关系到国家的前途和命运。儿童文学对少年儿童思想道德建设、意志品格塑造和心灵健康成长，起着潜移默化的思想影响和情感熏陶作用，发挥着独特的、不可替代的作用。儿童文学工作者是建设和谐文化、构建社会主义和谐社会的不可或缺的重要力量。广大作家要自觉地担当起繁荣少儿文学创作的光荣任务，通过自己创造性的劳动，塑造以情动人、以美感人的艺术形象，培养少年儿童高尚的理想信念、优美的道德情操、丰富的创造活力和健康的审美情趣，使他们成为德、智、体、美全面发展的社会主义事业合格建设者和接班人。

　　中国作家协会十分重视儿童文学创作的繁荣发展和作家队伍的培养，中国作家协会儿童文学委员会为促进我国儿童文学创作作了不懈努力，由中国作家协会主办的全国优秀儿童文学奖为鼓励中国当代儿童文学创作发挥了积极作用。在新形势下，如何切实加强对中青年儿童文学作家的培养力度，提升他们的思想道德修养、科学文化素养、文学艺术素养，在新世纪打造一支朝气蓬勃、人才荟萃的宏大的儿童文学作家队伍，这是时代向我们提出的新的要求，是实践"三个代表"重要思想、落实科学发展观、构建社会主义和谐社会的一项重要任务。在这一形势下，举办中青年儿童文学作家高级研讨班，体现了党和国家对儿童文学事业的发展、对中青年儿童文学作家的培养所给予的高度重视和关心，也是中国作协围绕中心，服务大局，求真务实，为多出精品、多出人才创造条件的具体措施。

在鲁迅文学院举办中青年作家高级研讨班，是中国作家协会培养文学人才的一项重要举措。在中央领导和中宣部领导的关心支持下，自2002年以来，已举办过五届中青年作家高级研讨班，来自全国各地、各行业的250多位在创作上取得一定成绩、具有较好文学潜质的中青年作家到这里参加学习。高研班开办以来，受到了广大中青年作家的欢迎和学员们的好评，引起了全国文学界的热情关注。在不断总结办学经验、广泛征求意见的基础上，鲁迅文学院不断进行教学改革，制定了适合中青年作家和文学理论评论家的教学大纲和教学计划，并根据教学实践不断加以修改完善，使学员的学习更有针对性，收获更大。已经举办的五届高级研讨班，学员们圆满完成了规定的学习任务，无论在思想理论和文化知识的学习上，还是在文学创作实践上，都取得了很大的收获。事实证明，分批分期举办高级研讨班，对全国优秀的中青年作家、文学评论家进行较为系统的学习培训成效显著，十分必要。

今年，第六届中青年作家高级研讨班是中青年儿童文学作家班，这在鲁院还是第一次。为办好第六届高级研讨班，学院在前五届教学计划的实践基础上，专门召开了由著名儿童文学作家、理论评论家等参加的教学计划论证会，听取了专家们的意见和建议，根据儿童文学的特点，对教学计划再次作了精心调整，以适合特点和教学需求。参加高研班的53位儿童文学作家，都是由各省、自治区、直辖市作协和产业文联（作协）以及解放军系统推荐，并经鲁院严格筛选，最后由中国作协党组、书记处批准而确定的。其中的十几名学员具有硕士以上学位，还有不少学员曾获得全国或省级以上儿童文学奖项。大家是经过不懈努力，以自己的突出业绩，或是显示出良好的儿童文学创作潜质而走进鲁院的。通过这次系统的学习，力求使每一位学员在思想素质和业务水平等各方面得到较大提高和新的飞跃。

结合当前文学创作的实际，针对本届学员的特点，我想提以下四点希望：

第一，要努力学习，认真研讨，深入思考，使自己在思想认识水平和文学创作水准上都有一个大的提高。要深入学习邓小平理论和"三个代表"重要思想，深入学习党的十六大以来以胡锦涛同志为总书记的党中央提出的科学发展观、构建社会主义和谐社会等一系列重大战略思想和胡锦涛总书记在中国文联第八次全国代表大会、中国作协第七次全国代表大会上的重要讲话，用马克思主义中国化的最新成果武装头脑，掌握科学的世界观和方法论。要学习文学创作所必需的各门知识，同时还要学习教育学、心理学，了解当代少年儿童的生活实际和心灵世界，认真细致地研究在新的历史条件和社会环境下，少年儿童阅读心理、审美情趣和欣赏习惯的变化，创作出更多受小读者欢迎的精品力作。

第二，要增强自身的社会责任感和历史使命感，自觉承担起培养和教育下一代的神圣职责。胡锦涛总书记在中国文联第八次全国代表大会、中国作协第七次全国代表大会上的重要讲话中指出，一切有理想有抱负的文艺工作者，要担当起时代赋予的神圣使命，积极投身讴歌时代的文艺创造活动，要密切同人民群众的血肉联系，积极反映人民心声；要大力发扬创新精神，积极开拓文艺的新天地，要做到德艺双馨，积极履行人类灵魂工程师的职责。温家宝总理在和文学艺术家谈心的时候，提到了著名的儿童文学作家严文井先生。他说："2005年人民文学出版社出了《严文井文集》，严文井同志的爱人康志强同志给我寄了一套。我过去读过严文井同志的作品，这次收到新出版的文集后，再次重读了多篇。我给康志强同志的回信中说：'他的作品和人品就是一个燃烧的火种，留给人们，特别是孩子们用来点燃希望的明灯。他应该为此感到快乐，因为他已经尽到了自己应该尽的责任。'"希望大家时刻铭记党和人民的重托，努力创作出精美的精神食粮，为孩子们点燃希望的明灯，尽到自己应该尽的责任。

第三，要团结和谐，热爱集体，积极营造一种相互尊重、互帮互学、共同提高的良好风气。大家从四面八方走到一起，要度过三个月的集体学习生活。53位学员，有着各自的生活经历、性格特点、情趣爱好和不同的写作风格，这为大家提供了一个相互学习交流、深入研讨、共同提高的难得机会，同时也为各地作家间的交流与合作提供了良好的条件。这是一次机遇，也是一种缘分。希望学员们在学习期间，要热爱集体，团结互助，增进友谊，沟通思想，取长补短，共同进步。同窗友情是人生最值得珍视和怀念的友谊之一，愿大家珍惜。

第四，要树风范，守纪律，积极参加学院组织的各项活动。鲁迅文学院被称为"作家的摇篮"，有着光荣的历史，优秀的传统。我国许多著名作家都曾在这里学习过，大家以有在鲁院这段学习经历而感到自豪。中青年作家高级研讨班的举办，备受全国文学界瞩目，来这里学习的每个人，不仅是作家，也是鲁迅文学院的学员。多了一重身份，开始了一种新的生活。希望大家牢记自己是鲁院的学员，以认真的态度，专心致志地学习，完成好学习任务。自觉遵守学员守则，遵守院规院纪，积极参加学院组织的各项活动，以自己的模范行动，为今后的学员树立良好的风范。学院要关心学员的学习和生活，积极做好服务工作，努力为大家营造一个良好的学习环境和氛围。

在鲁迅文学院第六届中青年作家
高级研讨班(儿童文学作家班)开学典礼上的致辞

中国作家协会党组副书记、鲁迅文学院院长　张　健

各位嘉宾、各位学员，

同志们，朋友们：

在鲜花盛开的灿烂季节，鲁迅文学院第六届中青年作家高级研讨班（儿童文学作家班），今天举行隆重的开学典礼。首先，我代表鲁迅文学院，向来自全国各地的53位学员表示热烈欢迎！向关心儿童文学创作人才培养和对本届高研班的举办给予大力支持的儿童文学界专家、学者及有关部门的同志们，表示诚挚的感谢！今天，中宣部文艺局领导，中国作家协会主席铁凝同志、党组书记金炳华同志及党组、书记处各位领导光临今天的开学典礼，我们对他们的到来表示诚挚的欢迎和衷心的感谢！

鲁迅文学院是由创建于上世纪50年代的中央文学研究所、中央文学讲习所发展而来，有着光荣的历史。作为作家、评论家、编辑家和文学组织工作者的培训机构，鲁院在长期的教学实践中，积累了丰富的经验。大批成就卓著的作家、评论家、编辑家和文学组织工作者曾在这里学习，他们成为新中国成立之后我国文学事业各个时期的中坚力量。

进入新世纪以来，在中共中央宣传部和中国作家协会的高度重视和大力

支持下，鲁迅文学院确立培养中青年作家队伍的战略定位，坚持办学宗旨与培养目标，遵循文学艺术的规律，力倡开放的教学理念，教学组织规范有序，课程设置系统多元，形成了鲁院的教学特色和优势。自2002年以来，已经成功举办了五届中青年作家高级研讨班。教学实践和教学成果证实，举办中青年作家高研班对于引导中青年作家坚持先进文化的前进方向，树立正确的人生观、价值观和文艺观，全面提升中青年作家的思想道德修养、科学文化素养、文学艺术素养具有重要作用。对于建设一支紧跟时代步伐、热爱祖国和人民、思想精深、艺术水平精湛的优秀中青年作家队伍，促进社会主义文学事业繁荣发展意义重大。

中青年儿童文学作家班是在全国第八次文代会和全国第七次作代会之后举办的第一届中青年作家高研班，也是鲁迅文学院历史上第一个以中青年儿童文学作家、理论评论家为对象的高级研讨班。时代呼唤儿童文学的精品力作，亿万少年儿童期待优秀的儿童文学作品，中青年儿童文学作家们要以历史使命感和社会责任感，承担起时代赋予的重任。以你们的抱负、你们的勤奋、你们的才智，创作出更好更多的作品，以饱含道义和情感、充满智慧和美感、至善至美的作品，奉献给儿童，奉献给未来。新世纪新阶段，儿童文学创作面临许多新课题、新任务。鲁迅文学院中青年儿童文学作家高级研讨班正是基于时代的要求，基于中青年儿童文学作家创作的需求，培养与时代同步的高素质儿童文学创作队伍，为儿童文学事业的繁荣发展提供人才支持和保证。遵循儿童文学的艺术规律，探求儿童文学的创新道路，推出人才，推出作品，是我们共同努力的方向。

本届中青年儿童文学作家高级研讨班以马克思列宁主义、毛泽东思想、邓小平理论、"三个代表"重要思想和科学发展观为指导，课程设置丰富、新颖、精练，求真务实，贴近学员的实际需要。力求使中青年作家的创作与研究根植于广袤深厚的文化沃土，建立于马克思主义文艺观的理论基础，建构于当代与时俱进的、创新的、多元的文学形态。鲁迅文学院从第一届高研班开始，在教学实践中不断探索适合于中青年作家进修学习特点的教学模式，初步形成了课堂教学、交流研讨、社会实践相结合的教学方法。为适应儿童文学作家的特点，把握儿童文学高研班教学的特性，我们广泛听取了儿童文学界专家、学者的意见，精心设计教学大纲和内容、科学合理设置课程。

从本届教学课程中可以看到，科学理论课程是必修课程，我们要通过马列主义、毛泽东思想、邓小平理论和"三个代表"重要思想，以及党中央一系列新的理论创新成果的学习，培养中青年作家坚实的马克思主义理论基础，增强贯彻执行党的文艺方针政策的自觉性，引导和鼓励儿童文学作家坚持先进文化的前进方向，树立强烈的社会责任意识，"面向现代化、面向世界、面向未来"，为创造21世纪中国儿童文学新的辉煌作出贡献。教学课程中有关经济与社会发展重要问题的时政报告和讲座，将有助于学员从广阔的视阈，了解当代中国改革开放的形势任务，丰富社会生活信息，认识和把握时代发展的特点，自觉地融入时代的主题和时代的旋律。为了提高中青年儿童文学作家的艺术修养，课程中安排了美术、音乐、舞蹈等艺术门类的赏析课程。我们还安排了与儿童文学创作相关的少年儿童教育学、儿童心理学、社会学等课程。它对于了解掌握少年儿童成长的规律，把握未成年人思想道德形成的要素，把握儿童对于艺术作品的接受心理，在寓教于乐、潜移默化的过程中，陶冶儿童的道德情操，达到儿童文学教育层面的作用。我们在课程中安排了科普、幻想等儿童文学体裁的内容，使儿童文学作家兼于艺术的形象思维与科学的逻辑思维融会贯通，以艺术的感性色彩与科学的理性表达，以不同文本和不同类型，创作出寓情寓理的佳作，给予儿童精神品格和科学文化素质的培养，给予儿童们情趣与诗意、神奇与绚丽的美育乐园。中西儿童文学比较等课程的设置，是希望中青年儿童文学作家继承民族文化的优良传统，弘扬中国儿童文学的艺术特色和艺术风格，同时，以宏阔的眼界、开放的文化心态，将本土的儿童文学创作与全球语境中的儿童文学发展融会贯通，汲取域外儿童文学的精华，拓展儿童文学共通的审美艺术空间，在继承和吸纳的基础上创新。

研讨活动在教学中占有一定比例。希望大家结合我国儿童文学发展的现状以及自己的创作实践，就儿童文学的发展与走向，儿童文学创作的创新，以及对儿童文学作品个案的分析研讨，儿童文学读物在文化产业中的运作方式，在出版市场机制下的变化等等进行深入研讨。

本届高研班安排了一定课时的社会考察活动，让中青年儿童文学作家走进儿童的世界，以儿童们喜闻乐见的形式、题材和语言，真实地反映他们的生活，以儿童的精神需求和审美要求，作为自己艺术创作的基础。中青年儿童文学作家们只有把身心交给孩子，作品才能感动儿童，成为他们亲近而信赖的朋友。

学员们、同志们，本届高研班学员来自五湖四海，集中了在儿童文学创作和理论评论领域颇有成绩，或者显示良好潜质的中青年儿童文学作家。今天，为了一个共同目标，大家走到一起来了。鲁迅文学院有着教师与学员之间、学员与学员之间互相尊重、平等交流、教学相长的好传统。希望本届高研班学员继承发扬鲁院的优良传统，把鲁院作为学习交流、促进创作、结识朋友、建立友谊的地方，处理好个人与集体的关系，处理好学员之间的关系，在以诚相待的基础上进行思想交流和互动，进行文学艺术的切磋和探讨。让我们共同努力，营造积极活跃的学习氛围和互相关心帮助的生活氛围，创建和谐的校园。

为了保证高研班学习任务的完成，保证有序的生活管理，我们对全院教职员工和中国作协机关服务中心的职工进行了岗位职责教育，要求全力搞好教学组织、生活管理各项工作，为大家的学习、生活提供良好的服务和保障。同时，我们也制定了学院的规章制度，希望学员同志们共同遵守践行，体现出中青年儿童文学作家良好的素质和精神风貌。鲁迅文学院现有的教学条件和生活条件尚有不完善之处，我们将努力提高教学质量，提高生活服务质量。学员们在学习和生活中有什么要求和建议，请及时地反映和沟通。我们有信心与全体学员一道，圆满完成本届高研班的各项任务。

学员朋友们，在鲁院的学习和生活是你们创作道路和人生经历中难得的时空，是你们同窗习读、朝夕相处难得的场景。鲁迅文学院竭诚努力，为学员们提供具有较高思想水准和艺术水准的课程，介绍各领域前端的信息，搭建研讨交流、融通互惠的平台，催生艺术的创意和灵感。"操千曲而后晓音，观千剑而后识器"，我们相信，经过博观和比较、借鉴与吸收，学员们的思想视野、艺术视野将更为开阔，创作思维和才情更为活跃，知识结构愈加优化，可持续发展的潜质愈加深远。

祝学员朋友们学习进步，生活愉快！

 **青春在眼童心热**

中国作家协会副主席、书记处书记　高洪波

这是一套有趣的书。

一群童心未泯、热爱生活并尊重个性张扬的人，聚集在此，系一所叫做"鲁迅文学院"的地方，共同度过百日学习时光，在这段特殊的日子里，他们回归童年，或瞩望童年——但这一切都基于一个目的：建设未来。

少年儿童是祖国和民族的未来。

为儿童的事业注定是建设未来的事业。

无论是"生就"还是"造就"（别林斯基语）的儿童文学作家，此时此刻、此情此景，我相信在挥笔之际，内心肯定是充满自信、洋溢欢乐的，因为这是鲁迅文学院有史以来第一个儿童文学作家高级研讨班的作品集锦，是一次集体展示和亮相，是文学百花园盛开的一角，花团锦簇的一束；是童心、诗心与爱心的坦露，也是十八般兵器与武艺的切磋。

重在参与。重在创新。重在团结与和谐。

重在……这是一套大孩子们为小孩子们认真写的书。

是文学的留言簿，创作的留影集。

更是纯真友谊和青春岁月的快乐记载。所以我说：这的确是一套有趣的书。

诗人郑板桥的竹子画得好，但有一句诗更妙，他吟道："青春在眼童心热。"我认为比他那"难得糊涂"更真诚、更积极，拿来概括这套书，是再贴切不过的了。

　　是为序。

目 录 CONTENS

第一辑　精彩散文

第二辑　别致诗歌

第一辑　精彩散文

林彦，1971年出生于湖北武汉。中国作家协会会员。已出版作品多部，曾先后获得中国作家协会全国优秀儿童文学奖、宋庆龄儿童文学奖、冰心儿童图书奖、老舍散文奖、新世纪儿童文学奖、中宣部精神文明建设"五个一工程"奖和湖北文学奖等奖项。

作家寄语：童年就像是一段必须要走的路，让人怀念的是昏暗的街头，有一盏灯为我点亮。现在我多想做一个点灯的人，替那些在街头徘徊的孩子，悄悄点亮前面路口的那盏灯……

夜别枫桥

林 彦

　　枫桥停泊在苏州寒山寺外，停泊在张继吟唱的夜半钟声里，那时我离它并不遥远，却一直没有见过它，它和我始终隔着一个唐代。

　　我熟悉的枫桥横在苏州老城河上，苔痕斑驳的青石，单孔，映着墨绿的水色，表情非常沉寂。很长时间我都无法判定这座桥的名字，从桥上来来往往的人对它的称呼也很含糊，卖花的大妹妹把它和邻近的两孔桥统称为横街桥，邮递员叫它南门桥，桥西的沈先生又称它过雨桥。我叫它枫桥是因为它正连接着秋枫巷口。

　　我就住在桥边的秋枫巷里。巷子没有枫树，临河只有一棵苍黑的苦楝，幽深逼仄的鹅卵石街道从岁月深处蜿蜒而来，安卧在苍茫的烟雨里。年复一年被时光撕掉的古典江南在枫桥边还残留着最后一页，这里应该有太多招引游子怀想的地方，例如古巷橘红的黄昏和木屐声渐近的黎明，例如清晨小楼窗前滴雨的翠绿芭蕉；例如桥下的半河桨声半河灯影，还有灯影里蔷薇色的流水……

　　但是这些怀想与我无关，我不是苏州人，我的家乡远在武汉。说是家乡，其实早已没有属于我的家。先是父母离异，我被父亲扔在学校宿舍里，他酒后清醒时会给我一点生活费。不久我又因病休学，不知该漂到哪里，来武汉谈生意的堂兄把我捎到了苏州，替他守护秋枫巷里无人居住的老宅。堂兄定居上海，他说这条老巷即将拆迁，需要一个人留守老宅通报消息。我留守了一年，没有等到巷子拆迁，却等到了母亲的信，说她和妹妹的生活已经安置妥当，催我回武汉继续念高中。

九月五日我离开苏州。去长途车站是晚上七点，我收拾行囊，低头走过家家寂静的门庭，走过沉默的枫桥。记得来的时候我也是这样低头走过沉默的枫桥，背上依旧是洗得发白的行囊，四百多个日夜过去了，我带不走苏州的一片云彩，甚至没说一声再见，唯有枫桥的石孔像一弯温润的眼睛，望着我被灯光牵得很长的背影。

二

我其实很想去秋枫巷十七号说声再见，可是慧师傅听不见了。

去年冬季她就已经去了无锡，深院里只锁着几盆枯萎的花和一地轻尘。

在秋枫巷我住十九号，慧师傅住十七号，两家近邻。十七号住房宽敞，空空的三间，住着她和一只黄猫。她曾经告诉我最初是住有五个人的，包括她的老伴和女儿，后来老伴去世几个女儿出嫁，好比飞鸟各投林。"就剩我一个人住了三十三年。"她摸着手中那只孤零零的猫说。

这个数字吓了我一跳，三十三年，一棵树和她做伴也该藤葛垂垂青苔上身了。她也确实瘦得像一棵落尽枝叶的树，但并不衰老，手脚灵便，眼光很有精神，霜白的头发网在发套里像一枚光洁的茧。

我初来的那些日子，每天都关在自己的世界里，邻里之间寂寂无声，唯独慧师傅爱探到门前扯家常闲话，东扯西拉不时夹点陈芝麻烂谷子的回忆，絮絮叨叨的苏白让人似懂非懂。开始以为她对我的来历好奇，后来发现她其实跟每个人都有说不完的话，翻来覆去又总是那点内容，没有几个人理睬。我也不想理睬，只是手里捏着的空闲时间太多，总有躲不过的时候。

比如每天清晨，她都要敲窗户把我从床上闹起来，说她的兰草不能喝自来水，问我能不能下河帮忙提一桶浇花的水。河埠的石阶确实很滑，总不能看着她跌进河里吧，提了水就得听她漫无边际的感想与刨根问底。很快，她探明了我的家庭背景，也知道我患有肝病。原以为她有洁癖，地板一天洗三回，我带有传染病菌可以让她躲远一点。她反倒贴给我八十块提水费，说肝病是三分治七分养，拿这点钱添补些营养。我反复推托，拗不过她的唠叨，

5

正好缺少夏季的衣服，就收下钱买了一件T恤衫。这套衣服惹得她很不高兴，她说给你钱是为了买点好药，你还讲究什么穿戴呢？

我也不高兴，觉得这老太太实在难缠，抠出生活费追着还给了她。这八十块钱大概让她有点难过，倒是很有效地让她安静了一阵。端午那天她又来敲窗户，喊我帮忙包粽子。到隔壁一看，一向空寂的十七号欢声笑语热火朝天，几乎全巷的邻居都在给她帮忙——或者说她在给全巷邻居帮忙，各家差不多凑了两担糯米有劳慧师傅包菜根香粽子。她吩咐我和邻居们淘米洗青粽叶，自己调馅配料裁叶扎线，一串串精巧玲珑的青菱小粽从她手底跳荡而出，动作熟练至极让人眼花缭乱。我从不知道年年吃的白米粽子在她手里会变出那么多花样，豆沙、蜜枣、冬菇、春笋、桂糖、百合……乐得四邻眉开眼笑。

"这可是正宗的菜根香粽子，菜根香啊！"桥西沈先生托着一只粽子，激动地对我强调。他说慧师傅曾在菜根香素菜馆主厨二十多年，一桌素斋让多少苏杭食客魂牵梦绕三月不知肉味。如今她年事已高，不再上厨，菜根香的核桃酪、炒三泥这些招牌菜已成绝响，连粽子都跑了味。

那天她忙到很晚，几大桶糯米都变成正宗的菜根香粽子让四邻笑眯眯地瓜分一空，只有我空着手回去了。不一会儿她送来两盘粽子，刚出锅，袅袅的热气让我心里骤然一暖。我从没吃过那么好的粽子，鲜香糯滑，难以形容。她看见我狼吞虎咽，非常高兴，念叨粽子没多少滋养，我脸上颜色不好要多吃鱼羹鸡汤补补肝，记住要天天吃。我有些哭笑不得，鱼羹鸡汤离我还相当遥远，只是第一次觉得听她侬软的唠叨并不心烦。

从此我时常吃到她做的菜。她似乎知道我毛病不少性子很傲，往往是请我提水喂猫之后顺理成章地慰劳一下。她很疼爱那只黄猫，从不让猫饿着，每当菜根香请她出门去指点学徒，她就把一把钥匙和硬币搁在我窗台上，请我中午到菜场买点鱼杂喂她的猫。那只猫大概陪她度过了多年的漫漫寒夜，好多次我都看见她独坐灯下，寂寞地穿一串串晒干的莲子，只有黄猫温暖地趴在脚边。偶尔我陪她坐坐，她就特别高兴，教我怎样用豆腐干做素鸡素鹅。我问为什么要用豆腐代替，直接宰只鸡或者鹅不就行了？

哦哟！她赶紧摇头，我是吃了一辈子素斋的，哪里敢杀鸡。隔了一会儿又对我说，其实你倒是该喝点鸡汤……

她最后一次给我做菜是初冬，医院给我发错了药，服过之后吐得翻江倒海，她招呼邻居送我去医院，颤颤的惊呼像变调的歌吟。之后又提来一保温

瓶的桂圆炖蛋羹，让我瞪大了眼睛，在她的世界里，一个鸡蛋差不多就是一只鸡崽，很难想象她会把一个生命敲破。她叹口气说蛋羹的味道不会太好，这应该是春天做的炖品，要添一半荠菜，炖好的蛋羹半碗碧绿半碗嫩黄，爽口养胃，可惜买不到荠菜。

再过四个月荠菜就长出来了，我随口说。

我没料到四天后她就离开了苏州。她的猫突然失去踪影，她出门找猫时在枫桥上跌了一跤，就再也没有站起来。那时我还在医院里躺着。等我出院她已经走了，早年出嫁的女儿把她接到无锡去治病，邻居告诉我，背她出门时她已不能讲话，只是用眼光示意大妹妹帮我洗晾在窗外的床单，意思是要下雨了，提醒大妹妹收起来。

我赶到枫桥边，载着慧师傅的船已经远去。桥下，浓绿的河面平静得一丝波痕也没有。

三

桥西六号的门上午九点准时上锁，那是奕哥出车的时间，现在他大概开着出租车穿梭在苏州的霓虹灯影下。我一直想去和他道别，可是在他出门的一刹那，我又下意识地闪进小巷的暗角，听着他的脚步渐渐消失。

他是我认识的第一位苏州邻居，来苏州那天，是他开车把我和堂兄送到秋枫巷口。听他讲话的声调轻快绵软是很纯粹的苏州人，只可惜外形黑而粗壮，与声音反差强烈。堂兄介绍说这是奕哥，好多年的同学兼近邻，今后有事可以找奕哥帮忙。他爽快地握握我的手，宽大炽热的手掌像捉住一条冰凉的鱼。你的手怎么这样凉？像一个女孩子——他冒出一句莫名其妙的感慨——体温这样低的人命运不太好，然后告诉我，有事上午九点前来找他。

我没有多少事，但免不了还是要找他，借他的电话给堂兄说说近况，或者借书。寂寂空屋时光漫长，除了看书，日子也没有太多滋味。奕哥有数量惊人的藏书，顶天立地四排书架撑满两面墙。这些书没有一本是他买的，他说全是父亲的遗产，他父亲生前是苏州大学的教授。如此丰富的遗产他只管继承，从不使用，一本最通俗的《镜花缘》两年前翻到十四页就搁在沙发边，至今仍停留在十四页，有点像果戈理笔下的玛尼洛夫。他倒是很乐意我去借阅，有时甚至催我快快地看多多地看，"你翻一翻挺好，"他说，"省得给虫蛀了，这辈子傻到底也不会再买书了。"

实际上他是买过一本书的——如果可以算是书的话——地摊上一块钱一册的《麻衣神相》，他把这几页破纸研究得很透彻，常常给乘客看相算命。他当然也帮我推算过，感叹我心比天高命比纸薄，还得意地问我算得灵不灵。那时全世界都知道我倒霉，他往惨里整自然侃得八九不离十。其实他的命运比我也好不了多少，出身书香门第，该念书的日子却撞上"文化大革命"，稀里糊涂下放到苏北农村修了十年地球。回城后好不容易娶了老婆生了孩子，又因为酗酒好赌，老婆忍无可忍甩了他，拖着女儿嫁了一个水果贩子，把他独自撂在有四排书架和一堆蛀虫的空屋里。

有关奕哥的这些往事都是邻居的传闻，我很怀疑他是否真有一段酗酒嗜赌的过去，认识他的日子总见他全身修理得干干净净，待人和气，每天勤勤恳恳出车到午夜，只有周六闭门休息。空闲时我常见他翻女儿的相册，逐一重温女儿从出生到七岁的过程。如今女儿应该念中学了，他曾经想偷偷开车接送女儿上学，但女儿对他有太多心惊胆战的记忆，不敢见他，还说一旦妈妈和继父知道了肯定是要倒霉的。为了女儿不倒霉，他只好苦苦熬着，坚信过两年日子会慢慢光明起来。"按相书上说我这个坎儿也该过了，明年就要龙抬头，"他对我说，"我只是担心阿珂的身体，她的体温和你一样冰凉。"

阿珂就是他的女儿，我总算知道为什么他一握我的手就会皱眉，也总算知道他为什么迷信命运，也许是迷信一个谁也不会给他的承诺。

除了《麻衣神相》，他后来居然又破例买过一些书，都是为我买的。比如《尤利西斯》，那是一本我硬着头皮也没有读完的名著，刚在国内出版，超出了他父亲的藏书范畴，冲着报纸上的渲染，想找他帮忙借来看看。

"很重要的书吗?"他问。

我含糊地点点头。"放心，我肯定帮你弄来，"他慷慨地拍拍我的肩，"多读书没错，我就是吃了不爱读书的亏。"

隔了两天，他把厚重的上下两本《尤利西斯》交到我手里，翻翻封底，定价不菲，够他开车跑半天的。不久他还陆续给我买过两套高中英语和数学辅导书，那是听了沈先生的怂恿，做过教师的沈先生一度渴望把落魄的我栽培成自学成才的典范。他不惜傻到底买的这几本书我都没有兴趣啃完，却一直珍藏着，只为书本之外的热忱与感动。

他也求我帮过一次忙，替他送一封信给女儿阿珂。六月初，他很气愤地

说女儿初中毕业想报考外语学校，继父却只允许女儿念普高，他上门去找前妻交涉反被撵出门来。想来想去他企图制造一个既成事实，鼓动女儿悄悄报考外校，不惜拿出自己的积蓄给她做学费。他写了一封把女儿约出来的信，还撕了很多纸要我教他怎样将信折成女孩喜欢的纸鹤。第二天，他送我去苏州中学，远远看着我掏出纸鹤交给那个表情警惕、手指冰凉的女孩。

到了约定的周六，他把家收拾得特别干净，把一个装满钞票的信封搁在手边，很有信心地等着。外面的每一串敲门声都能让他一跃而起，但是属于他的这扇门一直没有敲响。他的表情随着时间的流逝渐渐僵硬，直到黄昏的余晖完全黯淡。

从此他不再对我提及女儿，每天也还是循规蹈矩地忙，只是眼底曾经荡漾的柔润渐渐变得呆滞。七月初，我换衣服忽而从裤兜里掏出两只洗烂的纸鹤，其中一只依稀残留着他笨拙的笔迹。我猛地一怔，想起那天给他示范折过好些纸鹤，大概有两只随手揣进兜里——也就是说我无意中其实是把一页折过的白纸送给了他女儿。

整整一个夏天我都在愧疚和犹豫，不再上门借书也尽量避开他孑然独行的身影，不敢想象他知道真相后会是怎样的愤怒和痛楚，他的女儿可能已经上了普高，愤怒和痛楚都不能挽回什么，顶多是再添上一道终生无法填补的遗憾。

最终我什么也没对他说，包括一句应该说的对不起和再见。唯有枫桥知道这个夏天我经常在桥西走来走去，却始终不敢叩响那扇沉重的门。

四

也许，我还应该说说枫桥上的那道车辙痕。

起初我完全忽略了枫桥石阶右边有一道平滑的浅槽。一个下雨的午后，我提一束菜匆匆过桥回家，撞见一个回收废品的人正推车顶雨过桥，就顺便狠狠帮他推了一把，谁知他一声惊叫，车轮晃了几晃，咣地翻倒，空酒瓶、废报纸和破皮鞋滚了一地。你！推车的男孩年龄与我相仿，气愤地瞪着我——推出辙了，知不知道？沿着他指的方向我才发现桥边的车辙印，光溜溜的，不知经过多少岁月的车轮才碾出来。很显然我帮了倒忙，把车轮推出辙歪到石阶上了。雨点哗地密了，我顾不上帮他拾废品，抱头就跑。他在背后嚷了一句什么话，夹有浓重的苏北口音。

我当然还会撞见他，废品是细水长流回收不完的。隔两三天他会推车来一趟，像上班一样准时，上午十点左右小巷就开始回荡他的吆喝："废纸——有卖吗？废铁——有卖吗？废塑胶……"声调有顿有挫很像歌曲，在清澈的空气里一遍一遍地唱。调子不是很好听，但他的嗓门的确不差，在小巷周围远远近近游走一个上午依旧热情。太阳也很热情，把苦楝树叶晒卷，把他的歌声渐渐烤出了焦渴。午后，他的车上堆满了废旧的果实，又蜗牛一样笨重地从桥上爬过去。

我没有废品卖给他，倒是经常在巷子里相遇，都是读高中的年龄，却都在这课堂之外的地方忙的忙闲的闲，他看看我，我看看他，想打声招呼又不知该如何开口。这样挨到了冬天，我刚收到堂兄寄来的生活费就在菜市场把钱包丢了，我口袋里只剩几枚硬币，在堂兄补寄之前无论如何不够吃饭买药。慧师傅已经走了，我也不愿意低头找奕哥借钱，每天就靠一块腐乳对付两餐粥。

10　　弹尽粮绝的日子，我只能在枫桥边守着邮递员。绿色的汇款单迟迟不到，又在桥上碰见回收废品的男孩。上桥时我小心翼翼帮他推了一把，这回车轮没出辙，他扭过脸冲我笑了笑，整理嗓子开始唱"废纸——有卖吗"。他的吆喝意外地提醒了我，赶紧喊住他，回家抄出一双半新的皮鞋，是母亲离婚前给我买的，我苦涩地把鞋擦干净，当废品递给他。

想卖好多钱呢？他问。我算了算急需的开支，报出一个废品不可能承受的数字。果然他摇摇头。我慌忙补充：你定个价吧，少一点也行。

这鞋不是废品。他把皮鞋扔给我，说了一句我不敢置信的话：实在等钱用可以借你一点。他细细数出一沓毛票放在桌上，差不多就是我报的那个数字。出门时扭头说：不要你打借条，记得要还。

这点钱零零碎碎的，竟让我的呼吸一下子急促起来。

第二天，堂兄的汇款来了。我急忙到枫桥边等他，平常总看他往这里跑，想见他却久候不至。半个月后才盼到他来，我高兴地把一张张钞票数还给他。数目没错吧？我问。

没错，他把钱卷好塞进帽子里，笑一笑推车走了。直到他消失在深巷里，我才记起来，忘了和他说声再见。

从此我们也确实没有再见。那以后，小巷里再没听到他的歌声。回收废

品的人还来，换了个挑担子的温州老头。打听他的消息，老头摇着脑袋咿里哇啦比画了一通，我全没听懂，隐约明白是很难在苏州见到他了。不知道他是回苏北上学还是换了个做工的行业。枫桥上那道车辙还在，他消失以后，推车过桥的人很少。雨天，常看见桥上两道寂寞的光痕，湿而且亮。

五

今夜也没有一声再见，我悄悄告别沉默的枫桥。夜色把缱绻的江南深深掩埋，唯有枫桥守在我回家的路上，挽着苏州脉脉的流水也挽着一个异乡人留给苏州的乡愁。我低下头把脚步挪得很轻，唯恐惊动桥下那颗唐代的月亮……

星星还在北方

林 彦

　　秋天月缺的夜里，是西北第二十一颗，没有月光的夏夜则是西北第四十一颗。母亲说四年前有一颗流星划破天穹落下去了，地上的一个生命也随之消逝。第二天在流星闪现的位置又眨着一粒小星星，与此同时妹妹哭哭啼啼来到世间，所以……

　　"那颗星就是我妹妹，"我对母亲说，"如果它成了流星，是不是等于妹妹就不在了？"

　　母亲的眼神黯淡下来，不会，它是越来越亮，不会落的。

　　说这话的时候我大约六岁，妹妹是四岁，八年又过去了，那颗秋夜第二十一颗或夏夜第四十一颗的星并没有越来越亮，也没有化为流星，还是一成不变地挂在北方。事实上在母亲心里，那颗星倒是随时有可能流逝掉，因为从四岁起，妹妹就老是吃药，吃得连声音都纤纤细细的，身高也增长得特别缓慢，如同她上学后每回考试的分数老是固定在一百分左右，完全没有进一步发展的空间。邻家女孩罗罗七岁穿过的裤子，九岁的妹妹套进去还得挽起裤脚，母亲为此急不可耐，每回妹妹吃饭就严阵以待，骨头汤和红烧肉外加威胁恫吓左右开弓。那时候每餐必备鱼肉蛋奶比较脱离实际，但母亲横下一条心，彩电和衣服都不肯添置，几个钱全吃了肉，恨不能把妹妹变成气球，眨个眼就吹得圆圆满满。

　　妹妹吃饭的习惯还特别可笑，每回只撮一粒米饭细细地啄，决不猛吞一口，紧急情况下她的筷子仿佛高速运输的机械，就是不能同时吃两粒。母亲

经常恨铁不成钢地说，你一定是小鸡变的。

有一段时间母亲怀疑妹妹发育迟缓是药物起了副作用，然而药又是不能不吃的，妹妹的胃不太好，还患有慢性血液病。权衡利弊之后母亲决定把胃药裁掉，改喝一种叫"海宝贝"的偏方，那是一种类似海蜇白白软软的东西，养在水里，兑点冰糖，"海宝贝"会神奇地渐渐长厚，还能把冰糖水变得极酸。

每天早晚妹妹就捏着鼻子咕嘟咕嘟灌酸水，比她吃肉慷慨得多，大概母亲哄她这是长高的药，她对高度实在是太渴望了。

时间一点点过去，海宝贝增长了几层，妹妹的海拔高度还是那么多，胃口也没有扩大的迹象，唯一的作用是她酸蚀了两颗牙，而且对零食特别上瘾，有事没事总往春草堂跑。

春草堂在栖镇槐荫巷口，拐过几层陈列青瓷竹器、兔子灯和百泉米酒的木楼，穿两道桥爬三十级黝黑洁净的石阶，就看见春草堂前两棵浓荫匝地的银杏。堂内左边一面墙的小格木柜卖中药，右边一半开辟成零食店。右边阳光特别亮，透过银杏叶明晃晃镀在几排玻璃橱柜上，什么松仁云片、山楂蜜饯、檀香橄榄、水果冰和盐金枣……甘草香味波及老远。

妹妹最喜欢春草堂的老板娘，白白胖胖一团和气，总是坐在柜台后吃东西。她不怎么理会男孩，看到妹妹就笑眯眯伸出戴岫玉戒指的手，手心要么是一小撮陈皮话梅要么是山楂片，欢迎免费品尝，她也陪着吃，一粒话梅可以吃一个上午。

妹妹的话梅吃不了一个上午，开始打零用钱的主意。我们家固定的零用钱没有，无非是母亲做完大扫除清理出罐头盒旧报纸之类的杂物，统统由我卖给废品站，换一把硬币在兜里得意地响。妹妹看得眼红，也抢着要卖废品，她当然抢不过我，母亲也不允许那么瘦的豆芽菜顶一口破铁锅往废品站跑。

妹妹情急之下干脆自己制造废品，例如把用过的练习簿交给老板娘换两粒盐金枣，或者偷偷倒掉父亲没喝完的五加皮酒，拿空酒瓶换一袋甜桃板。因为这个原因，她的作业总是做得飞快，而且知错不改，让老师罚了重写，赶快把练习簿用完。

那一年我在栖镇中学念初二，妹妹在栖镇小学念六年级，中学小学共用一个操场。我发现她吃零食居然有人上门服务，做过课间操会准时冒出一个比妹妹整整高出百分之二十的女孩，递过一包津津有味的玩意儿。女孩好像叫阿香，比妹妹大两三岁，是开熏烧豆腐店的杜和从乡下雇来帮工的表妹。

阿香在乡下没念到六年级，使劲缠着妹妹借复习书看，她攒了一点花花绿绿的工钱也让妹妹羡慕极了，所以一拍即合再也散不开。

不久老板娘来讨赊欠的零食账，母亲从妹妹床下扫出一堆橄榄话梅核，不禁大为光火。当时正值在省城工作的父亲周末定期要回栖镇和母亲闹离婚，母亲的脸色终日压抑着乌云，任何一点星星之火都足以让她的情绪彻底燎原。更麻烦的是母亲紧接着发现放钱的抽屉里少了一张十元的钞票，她理所当然地向妹妹怒吼起来。

妹妹也理所当然地哭了，边哭边分辩，零食账是赊欠过但钱没有偷，而母亲咬定赊账就会偷钱还债。等到妹妹发觉没有办法把擅自吃掉的话梅和那十块钱撇清时，无助的眼光就转向了我。

我闷声看窗边一只艰难跋涉的蚂蚁，要下雨了，手心闷出了汗。

我非常清楚谁动了那张钞票。前天上午，同桌老谢——我们班上四个亲密的家伙彼此老胡老韩地乱叫，他们喊我老林，谢光荣当然就是老谢——和女生吴美玲吵架，起因是吴美玲从练习簿里抖出了一张漫画，把她那双眼睛形容得十分夸张。吴美玲的眼睛又大又亮，夸张一点她没意见，问题是连眼角一颗不明显的痣也夸张上去了。吴美玲一口咬定是老谢干的勾当，因为老谢多次装做轻描淡写地瞄她，才有机会发现那颗痣。老谢坚决否认。老谢嬉皮笑脸地说，你不看我怎么知道我在看你？

吴美玲就骂老谢耍流氓，跟她抱成一团的唐冰也来声援。吵着吵着吴美铃捏起漫画纸丢到老谢脸上，老谢失手一推。吴美玲惊叫一声突然趴倒在课桌上放声大哭，谁也劝不住。可怕的是她的裤腿竟然渗出血来，吓得老谢课也不敢上落荒而逃。

班主任于太婆居然也没追究老谢的责任，只说是小孩长大后常有的事，让大家不要问。老谢虚惊一场后把我们召集在小池塘边，主动提议要请吴美玲看电影道歉，说这就叫约会，一副什么都懂的样子。我和老胡老韩说你敢约她？敢约我们就去。

这家伙虚张声势地去了。满以为他准变成落水狗，谁知他兴冲冲跑回来，悄声喊她们都同意了，一共四个女生，电影票和零食我们买，每人四块钱。

我和老胡老韩都傻了，谁也没有维护面子的四块钱。老谢有，老谢得意地说明天星期六，中午不见不散。

家里的废品早卖光了，口袋里只剩七角钱。我想把一整套《三国演义》

连环画卖给保林，那可是我攒了一年零用钱换来的，价值九块多，找到保林却发现他正在翻看刚买的《三国演义》。

黄昏将近，我只好找借口向母亲讨四块钱。母亲不在卧室里，五斗橱抽屉半开着，斜斜一道阳光射着一张十块的钞票。我的呼吸顿时屏住，血哗啦全涌到脸上。

那十块钱我用了四块，借了四块给老韩。花钱的过程简单得要命：我们等在西陵桥边，瞅见四个女生来了马上朝银都电影院走，吴美玲她们远远跟在后面，没有讲话。看电影时女生坐前排，我们坐后排，看了些什么毫无印象，不知散场后情节会如何发展。散场后女生们聚到路边喝果汁露。等她们喝完，我们凑钱给老谢去付账，没有说再见就结束了——如果不是约会，每天下课倒有讲不完的话。

剩余的两块钱我也不敢还回去。当时母亲在缫丝厂每月挣不到五十块钱，失去这张钞票差不多就损失了一星期的财富，因此母亲质问妹妹时愤怒下面几乎潜伏了泪光。

最终也没有问出个所以然，父亲回到栖镇，开门见山就和母亲僵持起来，转移了母亲的斗争矛头。

15

那天母亲没有做晚饭。我和妹妹趴在小卧室的台灯下做作业，每到周末我和妹妹总是反复不停地演算课本上所有的习题，只有这样，才不至于陷入无事可做的惶恐中。妹妹边做作业边啃饼干，细碎干涩的声响像老鼠在偷嘴。她想喝水，我也想，但我们都不敢到客厅去取开水瓶，我们已经学会根据父母的脸色决定自己是该撒谎还是拼命干家务，抑或装得可怜巴巴——总之一举一动都得谨慎敏捷，才能尽量避免风暴转移到自己头上。

客厅里还是那一套程序，母亲喋喋不休诉苦并刻薄挖苦父亲，等父亲拍桌子。暴雨之后进入拉锯战，无非是提无法满足的要求，偶尔也计较家里的财产哪一件归自己，提醒对方不要妄想。为离婚，父母已经开战一年多，经历了亲友与法院的反复调解，都积累了刁难对手的经验，谁也占不到上风。那天不知怎的，母亲将战火烧到子女的抚养权上，也许是对妹妹还余怒未消，她提出离异后要我的抚养权，父亲立即反击也坚持要儿子传宗接代。声浪越吵越高，妹妹就像皮球一样被踢来踢去，谁也不肯要。

妹妹边听边做作业，铅笔尖叭地断了，她趴在桌上，瘦得不成形的肩膀剧烈地抖动起来。这一天她哭得太多了，声音都哭丢了，再抬起头，脸上只有两线毫无光亮的湿痕。

　　星期一父亲没有照常上班，有点打持久战的意思。上学时妹妹往书包里使劲塞一件运动服，鼓鼓囊囊填不进去。我不耐烦地催，塞衣服干什么，要迟到了！她又低头擦起了眼睛，含含糊糊说反正他们都不要我……后面的话没听清楚，老韩在门外一迭声喊老林，喊得父亲火冒三丈。

　　下午放学，我无聊地挤在街头玩气枪射火靶，一千多米的距离磨蹭到傍晚才回到家。母亲蹲在河埠边洗菜，盯着一根芹菜怔怔地漂出老远。

　　到喝"海宝贝"的时间，妹妹没有回来，母亲派我上街去找。我把那一千多米又跑了两个来回，春草堂前没有女孩，跳橡皮筋和踢毽子的女孩堆里也没有那根扎眼的豆芽菜——也就是说妹妹突然从我眼前消失了，早晨说了一半的话突然闪到耳边，我的心跳像颗石子坠下去，没有底。

　　回家吞吞吐吐没讲完，父亲的脸就黑了，母亲则苍白如纸，喊着妹妹的名字就往学校跑。她跑得飞快，我摔了两跤都没追上，一路上只追到她断断续续的哭喊声。

　　赶到校园，天已经完全黑了。母亲使劲拍打六年级教室的玻璃窗，呼喊妹妹的名字，里面只锁着一片漆黑的沉寂。她转身冲上教师宿舍楼，敲开妹妹班主任的门，一把抓住老师的手，连声追问妹妹是不是写错作业被留在了学校。母亲抓得那样紧，老师的手腕都被掐破了。妹妹的班主任小吕脸嫩得像苹果，她疼得短促地惊叫了一下。问明了情况，老师也不知所措，说妹妹白天根本就没来上学，她刚准备去家访的。母亲一下子瘫坐在地上，我和小吕老师一边一个还搀不起她。

　　父亲骑自行车随后追上来，看看情景也慌了神。在这种情况下，他和母亲的争吵也是无孔不入的，鼓起眼珠对母亲吼："哭！只晓得哭！还不快去找！"

　　母亲像熄了片刻又轰然作响的鞭炮，蹦起来把父亲的脸抓出一道血痕，咒骂父亲不负责任全无心肝，要是不闹离婚，妹妹怎么可能失踪？

　　父亲第一次没有反击，顾不上满脸狼狈请来校长老师们帮忙寻找。于是，闻讯而来的邻居和老师们亮起几十支手电筒，在校旁、街头、河边、田野、树林里翻天覆地搜索。妹妹的名字一时在栖镇此起彼伏，在高低软硬各色嗓音里，母亲的呼喊是无法被湮没的。她弓着腰，手撑在腿上，全身的劲逼到嗓子里扯出来，撕裂着黑沉沉的夜。

　　找到午夜，人都被焦虑和失望折腾得东倒西歪了，妹妹依旧不见踪影。校长决定上栖镇派出所找民警协助搜寻，劝大家暂且回去想想办法。母亲守在镇外的河滩边不肯回去，她似乎相信妹妹在下一分钟就会从什么地方钻出来，谁也劝不动她。

　　几十支手电筒渐渐从夜色里散去，父亲留了下来，默默坐在我和母亲不远的槐树下抽烟。母亲没有再找父亲吵闹，她的嗓子已经彻底喊不出声来，就那么失神地坐在冷湿的河边。河里没有月光，西北第二十一颗星无动于衷地眨着眼，一任父亲的烟头在夜里明明灭灭。

　　妹妹失踪的第二天，父亲托校长起草了寻人启事，贴上照片，复印了一大堆。很快，妹妹苍白的小脸遍布附近城镇的大街小巷。父亲终日风尘仆仆四处奔走，敲开亲友的家门打听妹妹的下落，甚至连妹妹转学到南浦的同学，他都寻访到了，依然一无所获。这一天，父亲带的钱还不够买车票，最后两站路，他是摇摇晃晃走回家的。

　　母亲的任务是守在家中，等候寻人启事张贴后的回应。当时家里没有电话，寻人启事上的联系电话号码是借用街对面小天工工艺店的，只要电话铃响，母亲就如同惊弓之鸟两步跳过小街，神经质地抓起话筒就问妹妹的消息，让一些客户摸不着头脑。一连五天，小天工被母亲闹得门前冷落，店老板老白很不满意又只能陪着叹气，他也被母亲的眼神吓住了。

　　家里的气氛倒是骤然平静下来，妹妹失踪熄灭了父母的争吵，对我的表情也变得忧伤而温和。父亲没钱买车票的那天，居然给我捎回一包南浦糖炒板栗，让我瞪大了眼睛。板栗捂得潮乎乎的，不怎么好吃。我狼吞虎咽时父亲伸手在我细软的头发上摩挲，鼻子猛地抽得一响。

　　我的狼吞虎咽也是装出来的，那十块钱悔得我肠子都青了。星期三，吴美玲自愿当老谢的漫画模特，老谢乐滋滋创作时，我一把扯碎画纸丢在风里，把脸埋在胳膊上泪流满面。老谢他们做了错事一样规规矩矩围在旁边，抓耳挠腮。

　　我把剩下的六块钱（包括老韩乖乖归还的四块）交给母亲，准备挨一记耳光。母亲的手举起来，却落在自己身上。好几个夜晚，我缩在屋檐下啃起指甲，在心里呼风唤雨，反复替老谢取消那个可笑的约会或者在妹妹无助时挺身而出。街灯沉默地站着，没人理睬我的呼唤，只有第二十一颗星还在北方，代表妹妹在我泪光莹然的视野里闪烁。

妹妹失踪的第六天，全家差不多都绝望了。母亲开始怀疑一切充满恶意的角落，诸如水井、池塘、废桥等经常出现噩耗的地方，她都要固执地巡察一遍，一会儿害怕在那些地方发现妹妹，一会儿又害怕一无所获，紧蹙的眉峰下面，两束坚硬的光芒像神话传说中不灭的死火，熊熊燃烧又冷凝如冰。

不到十天，父母迅速地衰老了，背影都有些萎缩。我煮了面条，端在桌上，放学后面条还在，只是早已凉了。

第十天，小吕老师忽然闯进初二的教室里对我嚷："你妹妹回学校了！她不敢回家，快去叫你父母来！"我眨着眼，简直反应不过来，直到老谢催我快跑才醒过神。

父母赶到了学校。母亲抱住抖得像只鸟的妹妹，放心而轻松地哭了，哭声细长而感伤。父亲在一旁跺着脚说，哭什么？哭什么？但是他的眼泪也摔到了地上。

妹妹那天逃学后，在车站撞上熏烧豆腐店的阿香。阿香的弟弟生病要医药费，她捎钱回乡下顺便休几天假。妹妹就跟着她上了去清水塘的班车，在乡下玩了十天，划船织网，挖灰灰菜马兰头，过得提心吊胆又有点说不出的高兴。直到阿香的爷到邬桥卖紫皮萝卜看到寻人启事，才知道妹妹是逃出来的，赶紧把人送了回来……

事情就这样过去了。家里的日子依然惨淡，但父母离异的事暂且搁下。一年后我们全家离开烟雨苍茫的栖镇，搬到省城，搬到十四层楼的职工宿舍，离天空的距离更近。家庭破裂后那几年，我和妹妹渐渐长大，常有流星划过天穹，我们不再仰望北方，辨不清秋夜第二十一颗或者夏夜第四十一颗星星具体在什么位置。也许只有母亲知道，那时母亲的灵魂已经化为星星，夜夜守候在妹妹的北方。

吴梦川，1970年生，陕西汉中人。业余写散文，作品散见于《散文》、《美文》、《青年文学》、《少年文艺》、《延河》等刊物，2003年至2006年连续四年入选"《散文》年度精选"（百花文艺出版社），部分文字被收入各种年度选本、中学生阅读读本。

　　作家寄语：时光只有在成为过去时才会呈现出意义，写作是我们所能掌握的为数不多的保存时间的方式之一。

流浪的河流

吴梦川

河流在大地上流浪，人从河流那儿学会了流浪；河流在大海里永生，人却在死亡后寂灭。

八年前，当我由蜀地入秦塞，落户古城汉中时，曾固执地称自己为异乡人。我先上电大，在一个叫芦家沟的地方，我和一条唤做冷水的河流度过了两年相依相亲的幸福时光。

冷水河很瘦，瘦得只有细细的一脉，不堪一握。河上没有浪花和涡漩，没有惊涛拍岸，没有虹桥卧波，也无舟自横，那么安静，从不弄出一点声响来喧嚣自己的存在；它更像一道无名的野水，有点荒凉，但却是清澈的、快乐的、自由的，并由此显出清秀和灵气来。

每当黄昏来临，我便独自一人越过校园的红砖墙，绕过一块块碧绿的菜畦和稻田，走向如醉如痴的冷水河：红艳欲滴的夕阳正从西天缓缓坠下地平线，鹭鸶翩翩飞过平野田畴，薄薄的雾霭浮起来，罩住烟树远村，然后是淡淡的一弯弦月升起来，在湛蓝的苍穹洒下清凉的光辉……

这异乡的美景使我着迷，也在我的心上扯出了淡淡的惆怅，我想起了青绿的巴山蜀水，想起了一条叫嘉陵江的河流汹涌澎湃的涛声，于是我在沙滩上久久地徘徊，这条异乡的河流便用凄清的沉默包容了一个异乡人的孤独和忧伤。

我不知道冷水河的源头在哪儿，我只听说它发源于溶洞，是地下水，冰冷冷所以叫做冷水河；我也不知道它流向何方，我只是凭着主观臆想，认定

它先经芦家沟流入汉江，再汇入长江，最后经东海融入太平洋。这是理论的路线，也是现实的途径，嘉陵江走的也是这条路径，它们在长江融为了一体，它们殊途同归。

这一结论却让我感到羞惭，异乡人的称谓立即变得矫情可笑。河流是一个整体，它拒绝人类用条块划割的方式把它们分解得支离破碎，它蔑视所谓的地域观念和乡土意识，那是人类为了自己的生存需要强加给它的。

事实上，水才是一个整体，河流只是水的一个成长阶段，就像人要分幼年青年和老年一样，河流只有长到海洋那么强壮时才算成熟，河流只有在抵达海洋的那一瞬间才能完成它的生命运程，海洋也仅仅是一种生命形态。

水的成长方式从一开始便呈现出智慧的思考，即如何使弱小的个体变成强大的整体。

这是生存的智慧，是流浪的目的，也是河流的精神内核。

真的，在大地上，我再也没有见过像河流这样把个体的生命意识和整体的生存信念如此紧密和谐统一起来的强大的存在了！

我想，人类对于流浪的诱惑多半是源于远方的诱惑，他们看到河流流向不可知的远方，远方就成了希望和桃花源的象征，于是他们义无反顾地选择了流浪，走向远方。

河流启发了人类的流浪意识，遗憾的是他们只学会了流浪形式而非实质，于是就只能无谓地颠沛流离，日复一日，年复一年，疲惫而艰辛，却找不到生活的目的和方向；于是一代代人重复祖先的模样叩问苍天，问他们从哪儿来向哪儿去，可上苍能解决什么问题？何不去问问河流，河流会用感性的流动方式告诉人类：强大的生命源自强大的精神内力，内心的虚弱贫瘠必然会导致生命的衰竭。

人类常常太看重物质的力量，当然，这也不能全怪他们，谁也不能否定物质的力量；而无影无踪的精神总是无法给急功近利的人带来直观的好处，它只会潜藏在平凡的身躯和褴褛的衣衫里。

我感谢冷水河，感谢大地上所有大大小小、长长短短的河流，那些流动的水，因为日夜奔腾而永远不会腐烂的水，它们让我明白了生命的意义，从此挣脱世俗的枷锁，奔向浩瀚真实的心灵。

那里才是我永恒的故乡。

道 具

吴梦川

对于我的童年生活，我在一篇题为《革命游戏》的文章里曾作过详细描述，这里需要补充的是一些具体细节：

一九七六年六月一日，六岁的我在娲家人民公社的大礼堂上跳《白毛女》，正舞姿曼妙处，却突然停下来，对站在一旁清唱伴舞的老师说：你唱错了！

台下笑声四起，老师愣了半秒钟，然后笑笑说，那我们重来，预备起——北风那个吹，雪花那个飘……

舞着舞着，我突然又停下来，对小心翼翼伴唱的老师说：你又唱错了！

台下顿时爆发出春雷般震天的欢笑声，老师美丽的苹果脸变成了茄子脸，说话的声音也近乎哽咽，她说，那我们继续重来。于是我们继续重来。

那一天，在万众瞩目之下，我把经典舞蹈《白毛女》反复跳了四遍，真真过足了舞瘾。

然而，演出结束后，老师就不理我了，学友们也都不理我了。

时间一长，我变得有点迟钝，还老爱生病，挨过一些时日后，我开始以哭闹和绝食抗争，拒不上幼儿园，后来发展到每晚都做噩梦，并在睡梦中尖声哭叫"我打死你们！"为了让祖国的花朵们能够安全无损地开放，我妈不得不把我关在了家里。

那时，我基本没有能力看懂样板戏，我最爱看的是动画片《大闹天宫》，那里面有我最崇拜的英雄孙大圣。但后来的影片就很没意思，搬出了世上最胖的胖子如来佛，只见他把手掌轻轻一展，再轻轻一收，居然就把盖世英雄

孙大圣罩住了！一看到孙大圣被俘虏，在如来佛的掌心里上蹿下跳，我小小的心里就充满了悲哀、耻辱和绝望。

真的，不管那些自以为是的大人们如何想，反正我认为，那绝对是对神仙社会的歪曲诬蔑，是最臭最坏的大败笔。孙大圣从五行山出来，就变成了另外一个人，连名字都软不拉叽的，叫什么悟空，他乖乖地跟唐僧取经去了，从前那个齐天大圣死了，再也没有活过来，这真是我胸口永远的痛！

我的哭声惊动了一个人，这人叫刘二狗。

那天，刘二狗跑来敲我家的门，要向我靠拢，自从我成了病人后，他就觉得找到了同类，弱者们是属于同一个战壕的。

我打开门，看见刘二狗站在我家门前，手里捧着一把紫红的野葡萄，满眼可怜巴巴的渴望，我接过葡萄，随手就把门带上了。不过，这个刘二狗从来坏记性，总记不得我凶过他、看不起他，只是一味地来敲我家的门，送各种各样的山果子，还送过我一把榆木小手枪。

23

对于刘二狗，我现在能记得起来的，只是他脸上那两道鼻涕，还有吸吸溜溜的吸鼻涕声。我记得最深的，要数一个叫解放的城里知青。

解放就住在我家隔壁，他是我见过的最英俊的男人。每天早晨，我早早起床，去到天井边，等他来刷牙，用一只白底红字"到大风大浪中去锻炼成长"的搪瓷缸子，我一眼不眨地看他刷牙，每个动作都从容优雅，满嘴雪白的泡沫让我痴迷。解放是我出生六年来爱上的第一个男人，可他却从未了解过我的爱情。

寒冷的冬夜，昏黄的煤油灯下，我用人民公社革命委员会的信笺纸给远在甘肃的父亲写信。父亲是一名光荣的石油工人，我记得那时有句名言：石油工人吼一吼，地球也要抖三抖。

我在信中写道：敬爱的爸爸，我一定要好好学习，天天向上，听毛主席的话，听老师的话，听爸爸妈妈的话，争取以优异的成绩向您汇报。最后，我写道：爸爸，我想穿花衣服、穿花裙子。那是妈妈在一旁口授补缺的，如果要总结一下的话，这才是真正的中心思想，是信的灵魂。这样的信寄出后不久，我们往往就能收到最最宝贵的汇款单。

时间转眼就到了一九八○年，我妈因工作调动，我们全家就要离开嫣家公社。

　　我把刘二狗送给我的那把榆木小手枪装进了书包，它是童年的纪念，我要把它带走。

　　临走的前一天夜里，我做了一个梦，梦见了刘二狗。

　　二狗的脸上干干净净的，再没有了那两条混浊的鼻涕，他对我说他写了一首诗，我高兴地说你把诗念给我听听吧，我要走了，以后就听不成了。

　　二狗于是站得笔挺，向我朗读他写的诗：

　　我爱死你了我爱死你了……

　　刘二狗朗读完毕，从身后慢慢抽出一把手枪，向我瞄准，他的身后是蓝得刺眼的辽阔天空，脚下是一片蜂飞蝶舞的紫红的苜蓿花丛。

　　我勇敢地迎向他的枪口，我没有绝望，也没有躲藏，我发现自己一直都在等待这一刻的来临，但愿他的子弹能穿透我的胸膛，但愿我的胸膛能流出真实鲜红的血液。

24　　枪响了，我醒来，在寂静的夜里，我急促地大口呼吸，呼吸一九八○年的空气，泪水顺着脸颊流下来，一直流到耳朵和嘴里，我感觉到这泪水的滋味与往常不同，我的心脏开始隐隐疼痛。

　　就在开始知觉疼痛的这一刻，我知道，童年已逝，我长大了。

赵霞，1968年，恰逢大雪节气出生。儿时的故事遗忘得差不多了，还能打捞上的只有河南老家那年的饥荒和沈阳的彻骨寒冷。连跑带赶地读了四年半小学，然后正经读了六年中学，黑色七月还没来临，提前被首都师范大学中文系录取。毕业后，在海淀一所中等师范学校教了六年语文课，后调到中国少年儿童出版社《儿童文学》杂志社做编辑，业余时间学着舞文弄墨，就有了长长短短的文字见诸各报刊。还编辑了一些童书，因为作家写得好，也得了大大小小的一些图书奖。目前在《中学生》杂志社做副主编，负责内容编辑。

作家寄语：常常为自己思想的苍白和语言的无力而惭愧着，但是对汉字的崇拜又使我情不自禁地尝试着用它表述自己粗浅的思考。

记忆中的灯伞

赵 霞

　　这是一个机关院，二十多年前，马路北边的板楼是职工宿舍，南边的一排两层小楼住着机关里的首长。

　　相灼家在北边最靠南的一幢楼的二层，她的小屋的窗子正对着南边那排洋房里唯一有小汽车的人家。每天晚上六点来钟，黑色的红旗轿车停在小院前，轻按一下喇叭，只一下，老阿姨就已冲出洋房去开大门。此时司机下车打开车门，从里面矜持地下来一个中年男人，看清的只是一个瘦削背影。背影走过大门时，洋房的门正巧敞开，里面站着一个胖胖的女人。即便是飘着雪花或刮着北风的冬天，汽车喇叭一响洋房的门也一律开启，等着他。吸引相灼目光的不是这个背影，也不是青砖小楼，而是洋房大门两旁的灯伞。

　　灯伞由六块玻璃围在一起，上面罩了伞状的黑色铁帽，下面是同样材质的花萼状托盘。当里面的灯泡亮起的时候，玻璃伞能把冬天的雪、春秋的细雨照出彩虹般的颜色。这么好玩的东西却被院里的人忽视了。相灼把这个遗憾告诉了小玥，小玥告诉了向东。那年冬天相灼家小屋的窗台前总是挤着三个小脑袋。

　　冬天马路南边的银杏树光秃秃的，北边的杨树也是光秃秃的，小院人家的活动尽收眼底，更何况向东还有一个望远镜。这家的保姆裹着小脚，圆锥一样的腿脚稳稳地在院子里进进出出。这家的孩子特别多，进进出出数花了眼，今天七个明天八个后天六个，最多一次数出十个。

　　但是相灼始终放心不下，总要多看几眼的还是那两盏灯，在朗晴的冬日灯罩反射着暖暖的阳光，阳光变幻出赤橙黄绿蓝紫，相灼小心地数着，怎么也没有数出青色来，因为没有数出青色，就一遍一遍数下去，直烦得小玥、向东他们捂耳朵。他们喜欢那辆黑色红旗小轿车。每当小轿车从马路尽头的暮色里驶过来，他们的眼睛就睁得大大的，不许相灼搞出任何响动。小轿车还不定时地中午回来，过了午休时间再来接那个首长走。这个时候望远镜总是被向东握在手里。他声称要做个和这辆小车一模一样的模型。他指挥小玥画了草图，图上详细地画了车牌的位置，反光镜前的小红旗也被标出来了，就连车屁股下面的排气管也画出来了。但是向东不肯动手打造他的模型，因为驾驶室还没有看清。

　　直到有一天，从黑色红旗小轿车下来，给瘦削背影开门的不是司机而是相灼的爸爸。司机立在驾驶室外，相灼爸爸打开车门，宽宽的肩膀稍稍弯着，和敞着的车门组成长长的防线，瘦削背影在这个防线里走进大门，临近大门头也不回，挥了一下手，大门就关了，司机和相灼爸爸钻进车里。相灼觉得爸爸有些卑微，不敢看小伙伴。小玥兴奋得脸红扑扑的，她搂着相灼。这是光荣，谁的爸爸坐过这种车？顶多出差接送时坐坐上海牌小轿车。相灼感到伙伴们的眼光是羡慕的，她不知道该为爸爸害羞还是高兴。

　　"相灼，让你爸爸带你去小院看灯伞。"向东不屑地说。他对相灼一个心眼儿地看灯伞一向不满，不就是六块玻璃两片铁吗？为此他们还拌过嘴。

　　"别看了！风吹雨打的，有了铁片箍着，就牢固了。"向东催相灼。

　　"为什么路灯没铁片箍着也挺牢固的？"

　　"那你说还有什么用？"

　　"为了好看。"……

　　相灼爸爸进了门，孩子们就散掉了。"爸爸我想去看看那个小院。"相灼小心地说。等爸爸听清了事情缘由以后，发出了两点指示：第一不许小朋友再趴窗台看，危险！第二让妈妈去买块窗帘布。那年春节，没有买新衣，倒有了新窗帘。妈妈执行爸爸的命令一向是百分百照办，不许和小朋友趴窗台演绎成了不许和小朋友在家里玩。

　　这件事促成了向东的汽车模型制作。三个孩子四处找木片，向东把这些木片用小锯锯成自己设计好的样子，然后按照小玥的草图，把木片钉在一起。又找来了红布头，用铁丝做成小红旗，插在反光镜前。小玥觉得很像汽车了，

27

但是向东不满意。小玥说："刷上黑漆就更好了。"

"木匠在刷漆之前，都用砂纸打磨。"

一句话提醒了相灼去找砂纸，翻箱倒柜终于找到一块砂纸，这是上次相灼家请木匠用几根扁担打造简易沙发时剩下的。为了不让妈妈发现，相灼用剪子剪下一小块留用，然后把那一大块放回原处。

向东感激地让相灼先打磨他的小汽车。砂纸小心翼翼地滑过粗糙的木头车，这样磨下去，什么时候才能磨光？向东急得去抢砂纸，准备亲自操练。相灼不肯交出使用权，争执之下，露在外面的铁钉划破了相灼的手指，涂了红药水、裹了纱布，很像受伤的士兵，相灼只能放弃使用权，向东手中的砂纸横冲直撞地在小车上磨来磨去，木屑末轻轻弥散开，他玩得起兴，别人却感觉乏味。

小玥问向东："你的黑漆在哪儿？"这句话才叫引火上身呢！

"还没有找到！"

"搞什么！"

28　"相灼从家里找来了砂纸，该你找黑漆了，不然，不给你玩，寒假开学老师让你交小制作时，也不写你的名字。"

小玥只好回家找黑漆。那片巴掌大的砂纸被耗尽，向东终于对打磨失去了热情，找黑漆的小玥还没回来。

向东出家门去找小玥，没找到黑漆的小玥就坐在楼梯上不敢回来！向东让她进来，并答应寒假小制作也算小玥一个，小玥愁容才消了。轮到相灼和向东着急了。桌上的黑墨水，使向东眼睛发亮，拿着毛笔蘸了墨水就往上涂，但墨水的臭味让相灼、小玥直捂鼻子："我们可不要臭车。"

相灼又回家偷了老爸的香墨，就水研墨，为了让车黑亮起来，还放了一点盐。相灼总是能找到家里所有的宝贝，用完了还不动声色放回去，很少被父母察觉。比如：她拿两个橘子给大家分，拿的时候，拿一个大的，再拿一个小的，拿完之后，重新整理一下篮子，看起来和没拿一样。篮里的橘子吃到一大半时，你说一堆好话，她也不会冒险，因为她已经为此付出过代价了——分柿子分过了头，被她妈妈罚去一个星期的零嘴儿。

这次相灼弹尽粮绝了——翻遍家里的每个角落，也没找到废弃的玻璃片。她让向东帮她找玻璃，她要自己动手做一个六边形有黑色铁艺的灯罩，当然是模型。"这是天下最容易的事。"向东说着跑下楼，一会儿向东就从

外面拿来六大块玻璃。要裁成一样大的六块可不容易，用锯锯，锯不下来，用刀刻，刻不动。相灼有主意，用报纸包好六块玻璃，直奔机关的木工班，让工人叔叔帮忙。工人叔叔忙着打扑克，谁也不理会这个十岁女孩的要求，相灼就顽强地站在那儿，向东、小玥趴在窗户上往里瞧，手、鼻子冻得通红，实在熬不过寒冷，也挤进屋，悄悄问："拉好了？"无可奈何，工人叔叔拿出划玻璃的钢钻三下五除二满足了相灼的愿望，三个小人兴高采烈地往回走。

烤在暖气上的汽车模型上的漆已干透，屋里散发着淡淡墨香。守着六块玻璃，还是不能做成灯罩，六块玻璃要怎么粘在一起呢？胶水——没用，胶布——没用，树胶——没用。

相灼把六块玻璃锁进抽屉，那个冬天，她一直在找把玻璃粘在一起的东西，没找到。

相灼后来常常撩开窗帘去看那两个灯罩，尤其是在无聊的冬日，看着灯罩反射出来一束彩虹在北风里跳动，黑色的灯伞和灯托就显得更加沉稳。这一静一动印在了相灼的脑子里，走进了相灼的梦境。

后来，红旗小汽车变成了奥迪，再后来奥迪也不天天来了，因为"瘦削背影"退休了，人也老得只能在院子周围缓缓散步了。

最近，相灼接到爸爸的电话，他们的老房子要拆，他们分了新房，老爸让他的司机接相灼回去帮忙，安排搬家的事。

把所有要搬的东西都捆好了，装车了，相灼总觉得还有什么丢在了小屋，她在一片狼藉的屋子里搜寻，一无所获，她忽然发现刚刚三岁的儿子已经站在当年她常趴的窗台上，她冲过去，把儿子从窗台上抱下来，她发现儿子手里拿着两片玻璃，对着太阳照。透过窗子，她看见了那个小院只有一位老人和一个年轻的保姆在晒太阳。那房门两侧的灯罩依旧把暖暖的阳光折射出七彩的光。老人侧脸对着这束光。如果，我们把镜头拉近，你会发现老人在做相灼当年做的事——数光的颜色。相灼早就知道老人的老伴死了，老保姆老得只能回老家了，孩子们也分布在五湖四海，而他只有晒太阳的力气了。

此刻，手机响了，是向东。"喂，回娘家也不来看看我和小玥。"

"我出入无车，你来接我吧！"相灼知道他们买了新车。

不久，楼下响起了汽车喇叭声，相灼带着儿子下楼了。"咦，怎么不是红旗呢?"向东、小玥当初的定情物就是一辆红旗小轿车的模型。"老土,现在流行的是这种款式的。"小玥满意地说。

车从老人的院前经过,相灼忽然想起老爸站在新房叹息的样子——空荡荡的房子里永远徘徊着他,还有妈妈的身影。

红叶的记忆

赵 霞

　　小时候背过的诗，大都遗落在儿时的记忆里了，而杜牧的《山行》还记得分外清楚："远上寒山石径斜，白云生处有人家。停车坐爱枫林晚，霜叶红于二月花。"因为我背得字正腔圆，被奖励了一张明信片：古老的长城在崇山峻岭间蜿蜒，越过一丛鲜红的叶子，一直消逝在蓝绿色的群山中。这是我第一次认识红叶，当时不觉得什么，只不过是应付了父母给的功课，获得了鼓励。

　　随父母从沈阳转学到了北京，学校竟然坐落到香山脚下。那是个朗晴的秋日，高远澄静的蓝天下，是绵延不绝的浓绿的西山，山顶错落着许多红色。在沈阳，每天面对林立的烟囱，忽然看到这样的景色，又是这样的季节，我惊喜极了。当我被告知散落在山头大片大片的红色就是被人传颂的红叶时，心里只有一个念头，一放学就去看红叶。

　　终于熬到了放学，沿着同学指点的山边小路，向香山走去，离自己原本很近的山越走越远，走了大半个小时，才走到，摸出仅有的五分钱买票，被拒绝了，售票员指了指大门，大门口已挂出静园的牌子。我只好和推着自行车的售票员一同下山。

　　回望香山，不见古诗中的白云、人家，那份清丽高远却是这样的神似。夕阳中，那被浓绿映衬着的红色、淡黄色还有那灰白的山间小路，焕发着柔和的光彩，我的心留在了夕阳中的香山。由于我的晚归，父母严加管教，并为我找了放学的路伴，再也没有机会亲近那浓绿中的红色。

当父母忙中偷闲，决定带我和妹妹去看红叶的时候，西北风狂吹劲舞了一夜，最后一片红叶都飘离了枝头，只记住了妹妹踏在失去水分的叶子上的沙沙声。哪里去寻那比二月花还要美的红叶呢？

后来看到一本《石评梅传》，虽然对爱情还是懵懂，但是那片红叶和那段绝唱式的爱情深深打动了我，从此，红叶成了凄美高尚的爱情符号，我也渴望着在自己的书里夹一片让我心旌摇动的红叶。

我走进大学校门的第一个秋天，有人送了我一枚塑封着的红叶，是经过了风霜的深红色，透过白色的塑料，可以依稀地看到清晰的叶脉，一个美丽的生命被如此桎梏着，让人不舒服。和红叶一起送来的还有一颗羞怯真挚的心。我把一切交给了深秋的晚风。看着他消逝在夜色里，我想到了评梅，清丽哀婉却是完美的。

不久班里组织大家去香山秋游，虽然我在香山脚下读了两年书，却是第一次看红叶。远远地就看见那散落在青山上的红色，像团火一样招惹着我们，急不可耐地扔下自行车，越过山路，汗流浃背地来到红叶区。满山满树的火红，来不及感叹自然神功，就俯身细观，咦，怎么是这样的？一棵树一棵树细赏过去，充斥在心里的只有失望。每一树红叶枝，每一片红叶，都留下了风霜的痕迹。斑驳的叶面，有的失去了水分卷曲着，有的被风撕破了，有的好像天生就有一个黑眼睛，有的处于红黄渐变期，有的已经红得发黑。

"那些小贩们卖的红叶怎么那么好看？"有人提出我心中的疑问。

"经过人工处理，上了颜色，卖给你们这些傻小姐的。"男生的嘲讽，招来一阵口角。

我还在固执地找寻着我理想中的红叶，一枝又一枝，一棵又一棵，脖子都酸了。失望！也许今年的风霜太多，红叶才如此残破？当我远离他们时，我又分明看到了如火似霞、闪动着生命活力的红叶。我不由得叹了口气。送红叶的他竟然就立在我的身后，不经意地说："红叶就是这样了，和人一样哪有十全十美的。"现在想来这位从中学到大学的同窗，还是很了解我的。

临下山前，我们这群人竟没有找到一片尽善尽美的红叶。我不得不怀疑高君宇给石评梅的红叶也可能有瑕疵，肯定是作者在描写的时候糅进了唯美的想象，才有了书中绝美的红叶。

但我从那残破的叶子看到了生命的沧桑时，早已不是当年凡事都要寻求完美的小女生了。也是从那一刻起，深秋赏叶，成了我每年的必修课，我访

32

遍了北京所有的红叶区。红叶是一种叫黄栌树的叶子，是椭圆形的，杜牧诗中的枫林指的是像手掌一样的枫叶，两种不同的树让我混淆了许久。但是诗中的豪迈之情用于红叶也很恰当。我欣赏俞陛云的一段话："诗人咏及红叶者多矣，如：'林间暖酒烧红叶'、'红树青山好放船'等句。而脍炙词坛，播诸图画，唯杜牧专赏其色之艳，谓胜于春花。当风劲霜严之际，独放秋光，红黄绀紫诸色咸备，笼山络野，春花无此大观，宜司勋特赏于艳李浓桃外也。"在北京，我还没看到真正的枫林，黄栌树倒是随处可见。红叶一到秋天就变成了黄色，到了深秋，所有的阔叶树的树叶都飘落了，那黄色的叶子却变成了红色，染红了北国最后一抹秋意。我最喜欢香山的红叶，八达岭周围的群山有太多的裸岩和过多的衰草，散落在群山中的红叶，鲜丽中多了份荒凉；八大处虽有京西很大的佛教寺院，但是山上的树木太杂乱，此处的红叶散漫缺少了一种昂扬的生机。而香山除了黄栌就是苍松翠柏，松柏在风霜中会更浓绿，浓绿与鲜红交映，再加上高远的蓝天，构成了任何画布也承载不下的画面。绚丽的绿蓝冲击着你的视野，风中跳跃的红色，更是夺目暖人。如果不是带着阵阵寒意的山风吹透游人的衣衫，还真要让人忘记这是深秋，冬天离我们不远了。

又是一年的这个时候，我和学生到香山赏叶。来到红叶区，孩子们分散在树林里，快乐地玩闹着。贪吃的在树下大享饕餮的乐趣；爱美的对镜装扮然后摆出各种姿势照相；贪玩的不知道他们在疯些什么，勤学的这时候也不忘看两眼英语单词；还有几个，和当年的我一样，仰着脖子找最红的叶子。有个女孩子还叫住一个高个子的游人，让他帮自己去够树梢上的红叶，游人不敢，这是违反游园规定的，但是看了看她可怜巴巴的样子，还是踮起脚，把树枝压低，让她自己去摘那片红叶，她并没有摘，却叹了口气："原来都是一样的。"游人觉得她有点莫名其妙，摇着头走了。没有找到理想红叶的孩子们找到了新的游戏。只有她向我走来……

"老师，我有一种上了文学家的当的感觉。"

"是吗？刚才谁在山下喊：'哇，好美耶！'"

我们笑了，我把我和红叶的故事告诉了她。也许我的故事太长了，女孩似乎没了这份耐心。不等我把故事讲完，她就说："如果树上的红叶和远处看到的一样，该多好啊！"望着她无限向往的神态，我不忍心打击她——那原本就是一片叶一棵树，只不过视觉角度不同罢了。细想其实她何尝不知呢？

只是这追求至纯至善的年龄，给了她一颗单纯的心灵，她希望一切都是纯洁美丽的。我当年不也是这样吗？"人的一切就该是美的，包括她的行为、心灵和容貌。"一位哲学家的一句唯美名言，一直被我断章取义地咀嚼着，直到我走出大学校门。然而岁月流逝中，那单纯的眼睛渐渐看到了丰富的色彩，正如红叶的斑驳，完美不过是无望的境界。于是换一个心情换一个角度再去看红叶看生活，心中的郁结也就豁然了，反而读到一份厚重。

蒲灵娟，四川南充人。小说《尼玛达娃梅朵》曾获1998年冰心儿童图书新作奖佳作奖，组诗《童年的云彩》曾获2003年冰心儿童图书新作奖，曾在《少年文艺》、《中国校园文学》、《文学少年》等儿童刊物上发表过作品，2006年出版个人儿童文学集《童年的云彩》。

作家寄语：希望小读者从我的作品中获得美和快乐。我会把最好的作品献给你们。

高原秋三曲

蒲灵娟

　　秋天是在星星恋爱的夜晚隐入海拔四千多米高的藏北高原的。仅仅几天光阴，夏的绚丽即被秋之手肃落得姿容惨变，花儿枯萎、树叶飘零、草儿泛黄，白鸥、灰雁纷纷迁徙到南方。

　　刚从川北来到高原的女孩在强烈地思念家乡的母亲，乡情愈浓，女孩愈孤独。忽然，一只金色的蝴蝶飞到女孩手上，梳着六十六根小辫的卓玛和她的弟弟多吉正望着女孩甜甜地笑。他们叽叽喳喳说着女孩听不懂的藏语，他们牵着女孩的手走出了帐篷。

　　女孩抬头看见了蓝得透明的天有鹰在追逐白云，天空下，只只羊儿似白棉桃绽开在清风原野……

　　女孩与卓玛姐弟俩在金色的草毯上跟着野兔舞蹈，阳光洒在他们红扑扑鲜花儿般的脸蛋上，他们的笑声飞扬起来……

　　一只普普通通的蝴蝶饰物就这样简单地诠释了友谊的真谛，消除了三个孩子不同民族的语言障碍，驱散了女孩心上的孤独。

二

女孩是在秋风起拂的傍晚走近卓玛家的帐篷的。晚霞被风撕成碎片挂在天边，一群乌鸦在霞光里浸淫。它们似乎也知道自己长得黑不好看，想抓住红霞的色泽涂抹在身上，平添自身的亮丽与灿烂。

卓玛正蹲在帐篷门口挤羊奶，雪白的羊乳欢快地淌进白铁皮桶里。多吉抚摸着母羊头，肥胖的羊幸福地闭上眼，感应爱的温存。白发苍苍的老奶奶在帐篷的另一侧打酥油茶，她的身子缓缓地一起一下，仿佛在做健身操。她一边打茶，一边唱歌，悠扬的歌声穿透了雪山的灵魂，忧郁的白雪在这一刻焕发出明朗、和悦的神色，能够擦亮诗人眼睛的月亮也步出月宫在天宇漫步。

温柔的秋风在女孩耳畔浅吟高原之夜，女孩在卓玛家的帐篷里吃着糌粑、喝着酥油茶，如水的目光静静地泻满温馨、友善的帐篷。

三

女孩跟着卓玛与多吉走进了藏北的秋天，他们骑着枣红马守卫着在金草地觅食干草的牦牛和山羊，那条唤做"大个子"的牧羊犬忠实地追随他们左右。广袤的天地，野鸽子、苍鸢、雄鹫在珍惜、享用生命的天空，它们飞翔的翅膀在蓝天白云大手笔地划出一道一道优美的旋律。藏羚羊、香獐、孤狼在山谷之间演绎古老奔放的时空进行曲，它们奔驰之处尘土飞扬、风声飒飒作响。

隔着唐古拉的纳木错湖在秋的寒意中渐入冬眠，她将一汪柔情化为冰霜带到梦中。虔诚的藏胞绕着圣洁的湖磕等身长头，鲜血染红了额头，连苍白的石头也为人类这种深入骨髓的至诚动容。经幡招展，传递着生灵与自然的灵与灵的导示，刹那间，天地是如此空灵、壮美，乃至任何描绘都显得无力和匮乏。

女孩终于明白了，秋天不仅仅是谷粮满仓、果实积山、野菊化雨的丰盈与绚丽，秋天更具恢弘、旷达、静美之形，秋天更具孤傲、坚韧、凛然、淡泊、清正之气。秋天内涵人生的哲理，藏北的秋啊，勤劳、勇敢、睿智的藏民都将走进您深邃的怀抱，女孩，有一天你也能够真正走进藏北的秋天吗？

雪域公狼

蒲灵娟

　　雪花飘了几天几夜，给广袤的大地披上了一床白毯子。清晨，一匹瘦瘦的公狼拖着直直的大尾巴奔跑在皑皑雪野，它四处张望，用鼻子嗅着寒气逼人的地面，想要寻找一只野兔或是一只羊。

　　时间慢慢流淌，公狼显得有些失望，昂头发出几声低沉的嗥叫。这么冷的天，小动物都躲到温暖的洞穴里去了，上哪儿找吃的？阵阵寒风呼啸而过，公狼累得气喘吁吁，张大嘴，呼哧呼哧吐白气，它真想一屁股坐下来，休息一会儿。

　　风呼呼地刮，雪不停地下，雪花像无数白蝶在灰蒙蒙的天空飞舞，令公狼目眩，它微微闭上眼睛。朦胧中，公狼又看见母狼依偎在岩洞门口向远方张望，焦急和期盼在绿莹莹的眸子里流淌。三只可爱的狼崽子早已饿得呜呜叫，无力地趴在母狼身边。

　　想到母狼眼巴巴的渴望，想到三只雪白漂亮的狼崽子饿得奄奄一息，公狼鼻子一酸，再也无法停下沉重的脚步。有什么办法呢？它们正等着它叼回美味的午餐！公狼浑身一颤，四足重新积攒力量，迎着风雪在旷野奔跑。

　　雪地上留下一串浅浅的狼脚印，公狼的身影融进苍茫的白色净域。

　　快中午了，公狼依然没有捕到一只猎物，它垂头丧气地踯躅在茫茫雪野。此时，一群黑乌鸦呱呱怪叫着掠过头顶，公狼亢奋地跳起来，向上扑去。一次，两次，公狼每次都扑空。乌鸦不屑地抖抖黑羽毛，仿佛在怪声怪气嘲笑

自不量力的公狼，一只乌鸦甚至恶作剧地把一泡屎拉在公狼头上。热乎乎的粪便好臭啊！公狼恼怒地嗥叫，再次跳起来，乌鸦却轻松地抖动翅膀飞走了，留下愤怒的公狼在原地又吼又跳。

公狼累了，它伫立在一块岩石上，双眼射出冰冷的绿光，渐渐地，它的视线模糊了，眼泪像两串闪亮的珍珠挂在眼帘。没有找到食物怎么回家？公狼悲哀地长嗥一声，雪落无声，它站在那儿像雪域的一座雕塑一动不动。

一辆马车嗒嗒驶来，背着猎枪穿着羊皮袍子的赶车人挥了一下鞭子，啪的一声响，拉车的两匹黑马加快了步子。

"嗯儿驾，嗯儿驾——"马车就要驶过来了，公狼赶紧躲到大岩石后面，它害怕猎人手里的枪。当马车从岩石旁路过时，公狼的眼睛一下子绿得闪闪发亮：天哪，马车上有上好的羊肉！

鲜嫩的羊肉味儿刺激着公狼的鼻子，它狠命地舔了舔嘴角的口水：为了窝中的母狼和小狼崽子，豁出命去也值得。它浑身的毛竖起来，眼睛顿时射出凶狠无比的野性兽光，它仰天长啸一声，掀起四足，像一道银色的电流冲过去，衔起一块羊腿掉头就跑。

响声惊动了赶车人，他举起枪，一声枪响，子弹擦过公狼的耳朵，又一声枪响，公狼的后腿中弹了，鲜红的血涌出来，一滴滴洒在雪地上，红白相衬，令人目眩。公狼叼着羊腿，一瘸一拐向前逃命。公狼跑啊跑，跑不过猎人的子弹，当第三声枪响，公狼的腹部中弹了，它一头栽倒在雪地上。

猎人走过来，抢下公狼嘴里的羊腿扔到车上，再把公狼抬上马车。"嗯儿驾，嗯儿驾——"猎人赶着马车继续赶路。

猎人掏出随身携带的酒壶，喝了几口酒，因为意外的收获，抑或是想到狼皮能卖个好价钱，猎人醉醺醺地哼起了粗犷的西北民歌。

马车快要驶过积雪覆盖的山头了，公狼在颠簸中微微睁开眼睛，它看见隐藏在不远处的狼窝。公狼的眼睛忽地亮出一道光，它拼命挣了挣身子，像团软软的雪球滚下去，它的动作轻得没有惊动赶车人。

马车驶过山头，公狼吁了一口气，它一步步向洞穴爬去。每向前一步，挪动一下身子，公狼便感到剧烈的痛，它的血快流尽了，身体僵硬得像块石板，它爬不动了。可是拯救亲人的念头像一道天堂之光让公狼浑身颤抖，枯竭的生命爆发出意想不到的奇迹，它咬紧牙关用尽全部力气继续向洞穴爬去。

离洞穴越来越近，公狼眼里的绿光熄灭了，它欣慰地闭上眼睛，它的心愿终于实现。作为狼，如果同类死了，在极度饥饿的情况下，活着的狼可以吃掉死去的狼。这是狼的一种残酷而无奈的繁衍规则。

　　母狼和三只小狼冲出洞穴向公狼奔去，它们的哀嚎响彻原野。最后，一只公狼的残骸隐入了苍凉的夜色中。

阮梅，湖南岳阳华容人。自1979年以来，多年从事学生心理问题调查研究。先后有散文、报告文学、诗歌、小说等作品100多万字发表在《香港商报》、《散文（海外版）》、《散文家》、《文学界》、《素质教育》、《思维与智慧》、《中国中学生报》、《北京文学》等全国40多家报刊，50多篇文章入选人民文学出版社等国家级出版社重要书目。出版有励志专著两部。

作家寄语：一个不断地接纳逆境洗礼的人，在前进的路上，他定会有超群的智慧与韧性来帮助自己化解一道又一道的难题。逆境教你抢他人之先，在生活这块博大的土壤里早早地扎下自己的根。那么，在你前行的人生路途里，即使有一路的风和雨，它却不再摧得垮你这棵虽小但根深的树！

世纪之痛：中国农村留守孩子（节选）

阮 梅

引子：诞生在新时代的"孤儿"

"开春以来，我们这儿的农民快跑光了，连续 20 多天来，'东风'大卡车（坐不起客车）没日没夜地满载着外出打工的农民奔向祖国四面八方的城市。我们乡 40000 人，其中劳力 18000 人。现在外出 25000 人，其中劳力 1500 人。"这是原湖北省监利县棋盘乡党委书记李昌平 2000 年 3 月 10 日写给总理的信中谈起"盲流似'洪水'"时写下的一段话。"少壮打工去，剩下童与孤。"改革开放以来，国家对城市工厂、企业的大力扶植，使国企、私企、外企像雨后春笋般发展起来，城市的发展势必需要大量的劳动力，于是，短短的几十年间，多达1.2亿的农民为解决生计问题相继背井离乡涌入外出务工的大潮中。由于他们的文化水平和专业技能大多不高，只能从事一些异常辛苦的体力劳动和各种服务行业工作，劳动强度大，工作时间长，收入又不多，居住生活条件都不是很理想，所以他们大多数人只能选择把孩子留在家中委托人代管。从此在长达数年的时间内，除了留下基本的生活学习费用之外，自己再少有时间和精力照管到家中子女。这些孩子孤单地留守乡村，少有依靠，内心的孤独与创伤，家人的疏忽与环境的歧视、外界的人身伤害无一不在困扰着这些孩子。于是在上世纪末，不少有识之士发出呼吁，农村留守儿童教育问题不仅是一个教育问题，如果任其发展下去，将最终演变成为严重的社会问题。

"留守儿童"从一开始走进我们的视野，呈现在我们面前的，首先是数字上的庞大惊人。中国人民大学人口与发展研究中心教授段成荣、博士研究生周福林利用2000年第五次全国人口普查资料0.95‰抽样数据，推算出当年14岁及以下留守儿童的数量在2290.45万人，其中农村留守儿童达到1981万人。留守儿童集中分布在四川、江西、安徽、湖南、广东、海南等省。紧接着，2005年5月23日，由中华全国妇女联合会和中国家庭文化研究会主办的首届"中国农村留守儿童社会支援行动研讨会"在郑州召开，这次会议公布的中国农村留守儿童数量是近2000万人。但据笔者调查后估算，实际数字远远不止这些，儿童集中分布的省份也在增加。笔者所调查的五个劳动力输出大省中，湖南省近年来大批农村劳动力向东部沿海地区转移，2004年全省农村外出务工人员达到1291.76万人，其中跨省劳务输出700多万人。夫妇共同外出打工的占到了1/3。河南、安徽、四川、湖北等省份情况基本相同，各省常年外出务工人员都在1000万人以上，留守孩子依次是500多万人、400多万人、300多万人不等。其次是问题暴露得触目惊心。不是少数而是大量的留守孩子处在这种天各一方的极不人道的亲子关系模式里，由于缺乏来自父母的亲情呵护与完整的家庭教育和监管，许多儿童过早地承受着成人社会的各种压力，在思想道德、心理健康等方面出现严重问题。不少儿童表现出害羞、不善于表达的自闭倾向，一半以上人呈现出不同程度的心理问题。因缺少家庭的关爱，有的变得自卑懦弱、多疑敏感，有的变得性格怪异、暴躁叛逆。家庭监管的严重缺位、学校教育的疏忽、社会环境的不良影响，还导致诸多留守孩子出现行为失范。在平时的学习生活中，有的经常在课堂违纪，有的经常撒谎，有的很少参加集体活动，还有不在少数的甚至染上吸烟、酗酒、打架等不良嗜好，成为学校学生管理工作的"老、大、难"。其三是极端个案的群体亮相。监护权缺失形成恶果，导致留守儿童存在诸多安全隐患。留守儿童患病不能及时医治和受到意外伤害的事件时有发生，溺水、撞车、触电、打斗等意外伤亡事件在生活中屡见不鲜。由于缺少父母监管，社会制度化的关爱体系不够，许多留守儿童还成为不法分子侵害的目标，被拐卖、强奸、诱奸的现象也时有发生。缺少父母的疼爱，留守孩子对亲情的欠缺严重地影响了孩子与别人的社会交往，导致孩子对周围环境和人缺乏安全感和信任感，有的出现攻击型性格趋向，自控力差，好冲动，动辄就吵闹打架，从而极易被社会上不法分子引诱参与打架斗殴、吸毒、贩毒，甚至被骗去参与买凶杀人，走上犯罪道路。曾有权威媒体在公开的消息中说，全国的刑事犯罪中，有近20%的青少

43

年罪犯来自留守家庭。

心中有苦向谁诉 ●●●●

　　处在孤立无援的生活环境里，无处消解的亲情饥渴，无以排解的内心孤独与寂寞，是留守孩子中存在的最为普遍、最为严重的一个问题，也是引发孩子出现上述问题的第一原因。在一些偏远的贫困山区，有的孩子好几年见不到父母，有的儿童甚至连在电话里听到父母的声音都不太可能。有的每天都将父母的照片放在书包或衣袋里，一遍遍地看；有的做梦都在呼唤自己的父母快点回来；有的从希望到绝望，一次次流着泪水在日记或作文本上写道："爸爸妈妈不要我了！真的不要我了！"有的子女多的家庭在父母外出打工后，孩子相互间照顾不周，经常吃了上顿没下顿。原本还需要父母来照顾的孩子，却要照顾比自己更弱小的弟妹们，更有甚者，还需要担负起照顾有病的爷爷奶奶或外公外婆的部分责任。没有了父母在身边，他们幼小的心灵过早地承担了分离的痛苦，过多地承受了本应由成年人来承受的责任。这些孩子实际上已经成为某种意义上的"孤儿"——被时代冷落和父母抛弃的"孤儿"。

　　"我多么希望您今年能回来一起过年。您不在家的时候，多少时候，我被孤独、忧愁占据，那个时候的我，不再是我，只是一个会吃饭，会运动的机器而已。""爸，当我看到别的孩子和父母快乐地在一起的时候，你知道我有多羡慕吗？当我看到别的父母亲到学校送伞时，你知道我是多么妒忌吗？但我知道，这对我来说，只能是遥远的梦境，我的童年生活没有在你怀里撒娇的时候，也没有影子般跟着你跑的日子，我得不到每个小孩子所需要的爱抚。哪怕是在生病的时候。""每个星期天，一个人在家里，屋里像没有人一样安静，像住在坟墓里，晚上总是从噩梦中吓醒。你们原来在家的时候，屋里有说有笑的，现在是静得一根针掉到地上也听得见。""你一走就是三年，我都已经想不起您的模样了……""没有'顶梁柱'，家里一下子变得死气沉沉。""最大的愿望，是一家人能够在一起吃顿饭。""受委屈的时候，你们不在身边，看到同学的妈妈带同学买新衣服了，你们不在身边，所以，我恨你们！""每次接到你们的电话，我都有无数的话想对你们说，但每次还没真正开始，就被一句'手机快没钱了，下周再给你打电话'作为你们的理由而挂断。每次放下电话时我都会哭，狠狠地哭。一个人在家的时候，我真的很害怕，我不想瞒你们。爸爸妈妈,我只有一个要求,你们一定要理解我,在每次打电话来时,多说一会儿话,不要早早地就把电话挂了,不管你们有没有话说,我都不想挂断。""我梦想有一天会接到你们的电话,也很想给你们打电话,但是,我接不到你们的电话,也不知道你们那边的电话号码。爸爸妈妈:你们真的不要我了吗?"这是一些因为没有父母准确的地址而没有寄出的信。

据中国青年政治学院课题组2004年8月对安徽、河南、湖北、四川等中西部10个省区115个自然村的留守儿童状况调查,"大多数父母与留守子女的电话联系频率不足1次/月"。在接受中国社会调查所(SSIC)访问的父母中,60%半个月或一个月与孩子联系一次,10%平时很少联系,只在过年过节时回家看看。但在笔者抽查的600名"空巢"学生中,平时在生活上能得到父亲和母亲照顾的分别只有5.2%和7.5%;25.9%的孩子经常与父母联系,而"有时"和"很少"联系的分别占29.4%和25.9%;另有43.7%的孩子不知道父母在何处打工,没联系过、联系不上的分别为3.3%和2.2%。

河南一男孩超超,自小学二年级起,父母就外出打工。在我向学校提出要几个表现不太好的留守孩子进行座谈时,学校把他介绍给了我。班主任老师说,超超在学校的表现是打架有瘾,一打就非得把人打伤不可,打得最轻时也都把同学脸上抓出了伤痕。超超成了学校的一块心病。

"父母在哪儿打工?"

"现在不知道。"

"好多钱一月?"

"不知道。"

"父母当时出门打工时,你怎么想的?"

"不愿意他们出去。"

"为什么?"

"父母在家里好些。"

"为什么要和同学打架?"

"他们看不起我,他们总是笑我、骂我,骂我野家伙。"

"像这次,你把别人的眼睛打伤了怎么办?"

"打伤了别人,爸爸妈妈就会回来。"没想到他的回答让人心惊肉跳。

"你怎么晓得他们会回来?"

"不出事他们不会回来,出了事,就会回来。"

"以前出过什么事？"

"我的腿摔断了，他们就回来了。"

"怎么摔断的？"

"一天下大雨，同学都有人送伞，我没人送，我就一个人在雨里跑，碰到了一辆摩托车，撞断了右腿。"

"妈妈回来了多久？"

"两个月，腿刚好点，妈妈就走了。"

"你现在最大的愿望是什么？"

"愿意我的腿没有好。"

"……"

"如果腿没有好，妈妈就不会走……"

说完这句，男孩哭了起来。

像超超这样的留守孩子在中国农村大量而普遍地存在着。尽管他们有吃有穿有人照顾，但却没有了父母的呵护、没有了自己熟悉的家，他们忍受不了内心的孤独煎熬，日之所思、夜之所想的就是如何能唤得回父母的亲情关爱。面对本不想面对的孤寂生活，如超超，甚至不惜以伤害他人为代价或愿意付出自己身体的剧痛换得母亲的归来。

"过年过节的时候看到邻居家热热闹闹，再看自己家里冷冷清清，只有弟弟和我，心里就一阵酸，眼泪冒出来。""有一次，五个同学一起回家，走着走着，天晚了，其他四人一个个都被父亲接走，只有我一个人走在路上，没人问。""有一次病了，烧得好厉害，打妈妈电话，老是打不通。那个晚上，哭得枕头都湿了。""爸爸妈妈三年没有回家了，我好伤心。"孩子们在填写"父母外出后我最伤心的一件事"时，答案无一不与缺少父母亲情呵护有关。记得有次在一山区女孩家里，不知不觉就坐到了天黑，等失聪的奶奶刚走进睡房，女孩一把抓着我的胳膊便大哭："阿姨，你留下来，就做我一天的妈妈好吗？我的妈妈已经三年没有回家，我作业不晓得做，晚上睡觉害怕，奶奶耳朵聋了，我哭她都听不见……"父母亲情的缺失，无疑在他们幼小的心灵上留下了难以愈合的心灵创伤。情感的饥渴具有隐藏性，所以其危害性更大。许多感情和睦的夫妇一旦外出打工分居就派生出一系列婚姻问题或导致某一方性格出现问题，留守孩子年幼时遭遇母子长久分离，同样将影响到其性格、个性的形成和发展，可能使其人格变得扭曲，对儿童的成长产生极为

不良的影响。对于幼年儿童来说，简短几句电话问候缺乏亲子之间的直接互动，根本无法满足儿童的情感饥渴。儿童对父母双亲的情感渴望，其实就像婴儿需要吮吸母乳一样，对父母的体肤依恋仍然是这些孩子必不可少的情感需求。在我组织的一次网友讨论中，一报业界成功人士、署名为"相见恨晚"的网友说："儿时，我跟外祖母过，两年时间不到，不知为何我就与别的孩子一起成了小偷，后来跟父母住，一切'症状'都消失了。如今回想起来自己都后怕！"

"一个人就是一个家，一个人想，一个人笑，一个人哭。我很小的时候父母就出去打工了，不知道什么是父爱母爱，就连他们的样子都记不清了。我考试从来都不及格，自信心有多差就不用说了。上学期我考了最后一名。这学期我不想考最后一名了。"这是媒体广为披露过的四川省青神县南城中学初二男生杨洋写的百字作文。《人民日报》等上百家媒体曾以此为题发表诸多评论。杨洋所在学校的校长说，杨洋的作文只有110个字，但它就像"110"报警电话，提醒社会，留守孩子长年被委托管教，临时监护人能称职地担负起监护的责任吗？留守孩子长期处于亲情缺失的状态，他们的心理健康能不出现偏差吗？他们的行为习惯在一天天滑坡，将来是否会成为影响社会安定因素？

"世上只有妈妈好，没妈的孩子像根草。"事实上，大多数留守儿童正像这首歌里所唱的情景一样，离开了爸爸妈妈的亲情怀抱，这些本还处于需要父母倍加呵护与特殊关爱时期的幼小生命在孤独无助的留守生涯里，便像极了生长在祖国这块土地上蓬生而起的野草，呈现出枯荣由天的悲凉景象。有的历经风摧雨残、雷打火烧，百折而不妥协，越挫越韧，变得坚不可摧；有的经日蚀夜磨，冰刀霜剑，导致伤痕累累，身心俱毁，成为父母生命里永远不忍触摸的伤痛。

如果有翅膀，天使就会飞翔

阮 梅

"……我对她很好。比如：当我得知她喜欢看《简·爱》时，我想尽办法从别人手中买下这本书，可她竟然不接受，但我知道她真的很喜欢看；当我知道她的衣服由于没时间洗时，我三更半夜帮她把衣服洗了；当我看见她上课老想睡觉时，我连忙从医务室买了一种提神醒脑的药；当我得知她饿了时，我赶紧跑到商店买了一些充饥的食品送给她；当我见她的课桌的一个腿坏了，我不由分说地把我的课桌换给了她；当我瞅见她为了一道难题苦思冥想时，我迅速地找到有关那方面的书籍交给她……我真的、真的很在乎她，可她变得越来越不理我……我好伤心，她对我的态度，使我都快崩溃了！成绩一落千丈，情绪更是跌入了低谷……"

"……我有一个成绩非常好的哥哥，中考时考上了一中，去年又考上了名牌大学。而我从读小学开始，成绩就没有赶上过他。中考时，我也就考了个二中。为了我能考上与哥一样好的大学，我的爸爸妈妈没少拿我哥说事。其实在学习上，我也没少下工夫，每周在学校的时间我都是排得满满的。可考试起来就是没有哥的好。有时候，在学校紧张过几周，好不容易回到家，也想轻松一下，但是，我爸妈总是逼着我看书，不允许有一会儿的空闲，不仅如此，每次回到家我妈都要跟我说'你哥能考上名牌大学你就要考上'之类的话。听多了，有时候我就怨父母，恨父母要求太高，不理解我，有时候望着父母操劳过度的身影，我又觉得很对不起他们，有很深的负罪感，尽管我没有浪费过时间，也很用功。可我毕竟让他们对我失望了啊！近段时间，我听课老是集中不了精力，心情也总是好不起来，我的成绩也越来越差了。更重要的是，我发现我对学习已完全失去了兴趣，一天天在学校里是度日如年……而且我想报文科父母却要我读理科……各科的老师好像也开始不喜欢我了……"

"……我家庭破碎，去年父母离异，姐、母亲与我、父亲分居两地，很少联络，这种环境对我的成长真的有着很大的阻碍力……"

"……我之所以改名叫祉豪，不是为了赶时髦，主要原因是因为，我觉得我不配再叫'必栋'两个字了。因为我并不是栋梁之才，辉煌的人生道路早已在中学走完。在初中，我曾担任过学生会主席、团总支副书记、劳动部长，曾在多次的演讲中获过乡里和学校的一等奖。在2000年中考时，尽管家庭贫寒，我当时还是报了个大专。可喜的是，我以七门主科596分的好成绩，考入了五年制的某广播电视大学！但是，五年学习费用需要8万元左右，这对于我们家，是一个天文数字，我不得不伤心地与学习分手……虽然几年过去我的经济收入已开始由维持自己的生活到能够帮助家里筹集一些生产开支了，但是……"

这是一些青少年的来信。

自从出版第一本集子、写过一些青少年教育类文章后，拆阅和回复学生的来信成了我业余时间里一件非做不可的工作。在来信中，他们敞开心扉，和我一起探讨写作技巧，但更多的情况则是把我当做一个陌生的、值得他们信赖的母亲，向我诉说学习生活的压抑、友情生活的困惑与成长路上遇到的种种烦恼，甚至还包括他们可能不会对同学和父母细说的早恋等等，几乎是无话不谈。

我总是感动于这份责任与信任，每一封信件我都认真地看，并一一郑重地回，还以专用文件名在电脑中保存下来。回信有的一两封，有的十多封。整理过一些学校专栏，也投到了《中国中学生报》等一些教育报刊刊载，其间有很多篇幅还被一些组织加入到网络上的心理咨询专栏。回想起来，推动我回信的动力只有一个，就是身为一个社会人，面对我们生命中际遇的每一个孩子，不管是自己的，还是他人的，我们都没有理由轻易回避和不负责任地随便应对。

作为一个成年人，面对孩子天使一般的提问，我们应该给予他们理性的答案。我们有理由相信，只要给了翅膀，"天使"就会飞翔！而且事实上，与我有过信件往来的学生，其中大多数已离开中学这个多雨季节，自信地走上了他们心仪的大学之路。我甚至还相信，我曾经不过是只言片语的用心回复，在他们未竟的风雨人生里，需要的时候，一定还会重现在他们耳际。因为，我曾经这样告诉过他们：

《随缘的友情最美》——友情不是亲情，亲情大多是因血缘关系而不可以更改，而且有一定的人际范围。而友情则常常因两情相悦而产生，因缘尽而慢慢淡化。它的人际范围之大，浩如烟海，所以它的随意性也较大。因此，有的友情维持的时间跨度大，有的会比较小。假如你执意不愿中断你们的友情，那你在不能改变她的情况下，就得将自己进一步地修炼，修炼到不在意她对待你的态度，修炼到你情愿做不图回报的付出。那么，你仍然可以选择在她真正需要你帮助的时候，伸出你的手，而不是为维持友情而付出……只是作为学生，当你再一次为了发生在校园的某种情感陷入到多愁善感的境地不能自拔，甚至严重地影响到你的学习的时候，你应该好好地想一想你自己的责任你自己的目标，那么你就会懂得以理性来控制事态和情感，人总得在经历一些事情的过程中长大与成熟……

《早恋，是一个美丽的误会》——人们喜欢把十五六岁比做人生的花季，并不只是说明这个年龄段享有太多的美丽色彩，它主要暗喻的是，这个年龄段的时间有限，短暂如花期。它还暗喻着，我们将从这个年龄段开始，要学着去面对世间诸多美丽诱惑，就像花儿既要抵制蚊蝇叮咬，又要避开烈日暴雨。谁都得学会在不断地抵制诱惑的过程中，去开始追逐自己最重大的目标。亦如花儿向往着最终的果实。只有甜美的果实才是花的骄傲，而果子却需要一个艰难寂寞的漫长的孕育过程。这样的话，在这个短暂的重要的年龄段里，我们其实是在进行着一次限时限目标、需拼力一搏的短跑，半途里，一旦你经不起那些美丽的诱惑停了下来，错过或耽搁了这段时光，就如同一朵小花苞错过了耽误了花期，也就与果子失之交臂。花季是人生的黄金时段，它需要蓄积更多的能量与智慧，它需要更明确的目标与思想……就像我们误会花儿只代表着美丽，误会青枝绿叶的树上都会有诱人的果子，早恋，只不过是一个美丽的误会。误会虽然不是我们的错，但这个误会往往改变和影响着我们的一生……

《尽力就是成功》——尽力须尽心。尽心就要在心理上抛开一切来自外

面的、它不可能转化为动力的压力，哪怕它是来自父母、亲朋和老师的压力！尽心，它使你学会在你手中从事的学业中培养兴趣，不管是你现在的学习也好，还是将来的工作也好，渐长的兴趣会让你不断地收获到很多你期望的东西。但是，尽心它绝不是应付的托词，它同样需要扎扎实实的付出。尽力有时候还会是对一种选择结果的尊重与坚持，但它绝不是妥协。一棵大树，假如它因为很多的客观原因，只能放弃在原地继续生长的机会的话，不管它身陷何处，只要它选择站立着，它撑起的可能就是一座希望的殿堂……我力荐"尽力"二字予你，是因为它不以别人的目光为尺子、不以他人的高度为高度、不以他人的负担为负担，它是你自己的指尖飞身就可触摸得到的高度，是你自己的双脚疾步就可以抵达的路程……尽力，虽不能达到他人为你制定的目标，但它是属于你自己的、快乐的成功！

《逆境，是你的另一所学校》——如果说你读过书的学校传授给了你丰富的纸张文化，那么，你所受过的那些委屈那些穷苦或者说那些心灵的创伤传授给你的，却会是逆境这所特殊的学校所独有的厚土文化。它会教诲你抢他人之先，在生活这块博大的土壤里扎下深深的根。那么，在你前行的人生路途里，即使有一路的风和雨，它却不再摧得垮你这棵虽小但根深的树！逆境，是你的另一所学校。它常常出其不意地在你面前铺开一道道恼人的试卷，这些恼人的试卷有如你的敌人，它来了就是来了，不管你曾经是否为迎战它作好充分的准备……你可能搬不来救兵，也常常来不及搬救兵，不管你是手无寸铁还是刀枪在握，你只能拼着你自己的智慧和力量来战胜它……但是，你千万不要怕，就像农民必须面对脚下荒芜的那一片土地，收获希望的唯一办法，就是先把犁铧深深地插进土地的荒凉里苦苦地耕耘！一块铁，总是经过最初千百次的锤打，才能铸成一把能够劈开一路荆棘的刀；一块泥，总是要熬过炉火长时间的煅烤才能有幸成为砌就大厦栋梁的砖。那么一个不断地接纳逆境洗礼的人，在前进的路上，他一定会有超群的智慧与韧性来帮助自己化解一个又一个的生活难题。最高最远的目标，总是让那些能迅速从逆境中跨过的人捷足先登！

《栋梁，是一种立着的姿势》——栋梁是什么？想那偶遇风霜雪雨就弯下身子的树不会是栋梁，倒下了就腐朽的树不会是栋梁，直长着的空心的芦苇不叫栋梁，风吹两边摆的草不叫栋梁……那么，什么是栋梁呢？只有在生长的过程中拼命地吸收营养，不放过任何的机会不断地壮大自己的体魄、强大自己的实力，即使脱离了原来的生长环境它仍然还能保持挺立着的姿势的那种树，才是栋梁……栋梁是脱离了它生长的环境仍然立着的一种姿势，是在任何恶劣的环境里仍然坚守着的那种信仰。栋梁之所以成为栋梁，是因为它一旦脱离了它原来赖以生存的生长环境，它懂得并且马上行动着把根扎在脚下，并且总是敢于抢在其他同类之先，从容抵挡风寒……

我想逃/逃到一个远离吆喝的地方/那里没有他人的欲望/没有我看不见的高高梯坎/我要逃/因为我/不想顺着你们的视线/去追寻我的彼岸/因为我/不想用我的生命/去完成别人的梦想/爸爸妈妈/在爱里在恨里在笑里在哭里/呜——/我的心/早已遍体鳞伤/让我在这里歇一歇吧/在这里把记忆埋葬//我想逃/逃到一个我梦想中的天堂/那里有美丽的、可爱的、奔跑的花仙子/有我跌落在草丛中的开心翅膀/我要逃/因为我/学不会快快长大/我只要慢慢地、慢慢地快乐飞翔/因为我/也想有花儿一般绽放的笑脸/鸟儿一般凌空的期盼/爸爸妈妈/在风里在雨里在苦里在痛里/呜——/让我的心/在我的天堂里飞翔/我要飞翔/我要我自己的快乐飞翔……

这是我在调查过程中写下的"歌"词。只因为调查的初衷，是想完成一部电视片脚本，所以在情动之时写了它。到今天，尽管初衷未现，但属于那些少年内心的这些忧郁吟唱，却一直留在了我的耳际，想拂也拂之不去。余音切切，让我不禁常常泪湿眼帘……

作为对子女寄予美好期望的父母，作为以教书育人为己任的教师，作为生活在社会这个大环境下的每一个社会人，在我们生命的每一个时刻，当孩子有了困惑，当学生犯下成长中的错，当获知邻家小孩或生命中际遇的某个孩子开始有了一些"问题"，面对孩子天使般不屈的头颅，面对孩子眼中天使般的泪之花，我们真的不能随意敷衍、纵容包庇、简单粗暴地辱骂，任其陷落到他泪尽之后成冷漠，滋生事端后，我们才来捶胸顿足，才来打口水战，再来追究：原罪？他罪？是家庭的错？学校的错？社会的错？

我们有责任在孩子最需要帮助的时候（不管他是不是你的孩子），给予他一个关爱的眼神，一个鼓励的微笑，一个无声的怀抱，一个善意的提醒，

一个中肯的建议，一段时间的特殊关注，以此来阻止其心灵的一路陷落，直到孩子艰难转身——孩子的梦想开始轻舞飞扬。

（节选自反映学生心理问题的报告文学
《天使在你身边》第十二部分）

小山，本名贾秀莉。1993年开始儿童文学创作，发表过多篇童话、儿童散文、儿童诗。作品在《儿童文学》、《少年文艺》、《世界日报》(台湾)、《文艺报》等报刊上发表。并入选《中国儿童文学精品·童话卷》、《一路风景》、《青鸟飞过》、《梦里花香》、《春香秋韵》等十几种书中。

曾荣获冰心儿童图书新作奖大奖、"安徒生杯"全国儿童文学大赛成人组二等奖、辽宁省儿童文学奖等奖项。被《儿童文学》杂志读者投票分别评为2005、2006年度"魅力诗人"。

作家寄语：感谢孩子！当我像孩子一样看待世界，我感到我看到了天堂。

苹果园边的小棉和我

小 山

羊小孩

小棉啊，昨天夜里我在被窝里哭了好一阵子才入睡。今早醒来胸口还疼。

可是，我们走吧。我不想为这么点儿不舒服，就耽误你去吃草。

走吧，苹果园很近。爸爸指着你对我说："这是咱们家最小的一只羊，还是羔儿，上不了太高的地方。"我知道，你是羊小孩，和我一样，对付不了悬崖峭壁。

妈妈离开家后，我已经哭几天了。前天上午，爸爸把我领到羊圈门口，"儿子，长大了你就是个男人，不能哭得一塌糊涂。帮我放羊吧，管一只就行。"一大群脏了吧唧的羊挤在一起，像堆旧袜子。但是，你在一只"旧袜子"的身底下蜷缩着，又洁白又干净，显然，爸爸分配给我的就是你。

小棉，我所以这样叫你，因为你像一团能走动的棉花一样的云……

有了你，我对狠心的妈妈，或许能忘掉?

吃吧，小棉

这就是后山，你看，离我们家后门顶多有二百米。我常来这儿，苹果稍大刚一能吃，我就和西院二胖来偷着摘。大人发现了，追着吓唬我们时，我总是一跑就没影了。二胖笨乎乎的，挨顿训的是他。

苹果园边的草又高又嫩，灌木丛也多，你就等着大吃特吃吧。小棉，你可不能偷吃青苹果呀，我也再不来了。否则，我们就成了不受后山欢迎的人。

爸爸说："要做个好人。"我不完全懂这话的意思。妈妈不也是很好的人吗？我跟她可亲可亲啦。她却拼命地要离开爸爸和我，发誓永远不回来，为了去另一个村子找另一个男人。小棉，我想恨她……又恨不起来。

来吃这种灌木吧，小棉。它的叶子有点酸味儿，可嚼一嚼就甜了。我认识好多种野菜和青草，绝不会让你中毒的。

吃饱饱的，你听见没？爸爸把大羊们一大早就领到东山冈上了，不到中午不会返回。他们要走挺远的山路，说不定还吃不饱哩。村里养羊的人家太多，山坡已经被啃得太厉害了。

苹果园却是私人领地，被保护得很好，周围青草和野菜繁多，谁又能在乎你这么个小小孩来这里呢？吃吧，我的小棉。

认识果园 ●●●●⬤

57

你还不大认识苹果园呀，小棉。

依我看，它是这个山谷里最好看的地方啦。苹果花盛开时，小棉，那才叫带劲呢，这一片山坡都粉嫩嫩的，香气一直飘到我家院子里。说心里话，我对花儿没什么兴趣，我等待苹果们长出来。另外，苹果花开时，大马蜂嗡嗡的就多了，我虽然不怕草蛇和蜈蚣，可对大马蜂和蜘蛛，我一看见马上就逃——

小棉啊，你怕什么呢？我看大黑狗冲着羊圈狂吠时，你毫不慌神。当你"咩——咩——"不停地叫时，那只是因为要找……妈妈。唉，我又提到了这两个字。

此时的苹果园谈不上美丽，绿绿的一大片，和庄稼地没什么两样。青苹果和苹果叶子混在一起，也没谁会格外注意它们。就连铜嘴腊子鸟，也不愿现在卖力气地飞来——它们会及时来的，哼，这些坏蛋家伙。

小棉啊，苹果园相当于一处大大的楼房，住着不少稀奇古怪的房客呢。

我爸爸不这么看，他的说法更稀奇古怪，"儿子，苹果园像一个大教堂"。小棉，你懂这种比喻吗？

管 教 ●●●●

嗨，嗨嗨，你做坏事啦，小棉，你得受约束！

你怎么吃起了苹果树的叶子啊？这很糟糕！你不明白吗？枝上的叶子吃光了，青苹果就长不大了。啧啧，你犯浑，我不得不把你脖子上的绳子拴牢在一棵野梨树上。这是你自找的，小棉，今天你只能围着梨树吃一小圈儿的草吧。

二胖犯错都受了罚。他把作业本撕了叠纸玩意儿，叫他爸爸一顿狠揍。这怪谁呢？钱再多也不能胡来，二胖的作业本总是写了几页，就乱扔乱丢一通，一个本子写不满一半儿。养鸡发财的他爸爸，特别懂节俭呀。

我的作业本爸爸要检查的，要看反面、正面是不是都写满了。过去他这么做着时，我妈妈就生气："钱是人挣的。大老爷们不会赚大钱算什么？就会买韭菜也论根儿数着吃！"妈妈走了，是和爸爸合不来吗？

我问过爸爸。爸爸说："儿子，先别想这些，长大了你就自然能明白了。现在要好好地做事才要紧。"小棉，虽然我上学了，放学要做作业，可我还是得多干活，爸爸认为这是应该的，对我很有好处。我听爸爸的。

你呀，是我小弟弟一样的伴儿，得听我的话。我不能不管教你。你错了，我就要在树上拴牢你，宁可我爬到山坡去撸些野菜叶子让你吃得饱点儿。

暂时你失去自由了，小淘气。

小棉啊，对不起——你要理解我的严厉。

暴雨后 ●●●●

一早晨的大暴雨，下得多爽呀，小棉。

我们只能出来得晚些，你快饿坏了，走慢点儿吧。

挑选有沙土的地方落脚，别让你的蹄子被落满雨珠的草叶子沾湿了。可是，带雨珠的草叶儿，你没怎么吃过吧？来，尝尝，你就知道今天的食谱多不赖啦。

这些日子我不再睡不着觉了。脑袋一贴枕头上，就傻乎乎什么都不知道了。老师说我明显胖了。我可别像二胖那样肉多，都不会跑步了。瘦杆儿没啥不好。爸爸的脸上多出了笑容，他晒黑得像铜，一跟我笑时只有牙是白的，那猛然的表情也显得太突然了！

我们各自睡觉，他在炕头，我在炕尾。他可没给我讲过故事。妈妈却总是贴着我睡，还讲过几个故事——然而，她更愿意自己哼哼着歌。

小棉啊，我不怎么想着她了。天天跟你在一起，真好。我夜里也没偷着哭了。你想想啊，我又上学又上山，累得够受啦！

应该谢谢爸爸让我放牧你。若不是亲自和你在一起，并且了解了你，谁能知道小羊羔儿对人有多亲呢？

小棉，你也快不是小羊羔了，我已经发现你脑袋上冒出两个小芽包。到了秋天，我看啊，你得和爸爸一块儿上高山了。

嘿嘿，这不，苹果也都变成大苹果了。

铜嘴腊子鸟 ●●●●●

是的，大苹果一有香味儿，铜嘴腊子鸟就远远地闻到了。

除了苹果园，我怎么从来没在别的地方看见过铜嘴腊子鸟啊？好像它们专为吃苹果生的，而且只在秋天，它们才呼啦地飞出来。你看看，你看看，它们成帮成伙地进入了苹果园子，比强盗还横冲直撞。

小棉啊，你瞧瞧它们像话不？光吃三两个苹果是算不得什么的；它们哪里是为填饱肚子啊，简直是在糟蹋好东西！它们比虫子还会挑选最甜的苹果，虫子不过是慢慢悠悠地钻进苹果，满足地享受一个苹果就行了。铜嘴腊子鸟呢，咣咣咣！咣咣咣！钢硬的又粗又尖的嘴，把苹果挨个儿啄七八口，只听得苹果园子里的苹果被啄疼得乱叫。分明是，它们并不满足于吃苹果，而是觉得搞破坏真好玩！

你瞧着吧，小棉，一直得到苹果熟透都被卸下，装到筐里运走，这些无赖会天天地光顾苹果园子。果农们放土枪轰赶它们，可它们压根儿满不在乎。

别发愁，苹果园子很大，苹果很多。小棉啊，这影响不了最终的丰收。

你记着，我们长大了永远不当这种满是恶念头的疯子。小棉，对吗？

59

新 ●●●●

小棉啊，爸爸把家里的房子盖上了新红瓦。

你们的羊圈、小猪猪格兰的猪圈，和鸡婆木米的鸡舍，也都要翻新了。你们会比以前住得更舒适。今冬，小棉，你就可以享受点儿新的福气。

爸爸问我："童童，你看看，咱们还需要修理哪些东西？"

我觉得这就不错了。真的，不该再让爸爸费力气。小棉，你说呢？

"挺好的啦。"我满意地回答。就这样和爸爸过日子吧，这也没什么。

当然，我学习的成绩得再好点儿，小棉，我不是很喜欢课本。

但是，你不会再跟我到苹果园子边了，自然啦，你马上就是个大羊了。

那没关系呀。大羊还会生下小羊羔儿。

你说，是不是也没准儿，哪一天，我妈妈回来了……或者，我会有个新妈妈！那也是可能发生的啊。

60　　小棉呀，跟童童我拉拉手吧。

亲爱的小孩，我的小棉！

谢玲，黑龙江鹤岗市人，教师。1986年开始发表诗歌、散文、小说等作品。成人作品有长篇小说《休闲大厦》，中篇小说《大潮》、《转世婚姻》等，短篇小说《冻梨》、《谈判》、《母亲在心中的位置》、《精品女人》、《婆婆打灯》等。儿童作品有长篇小说《阳光少年》、《成长班里的孩子们》，短篇小说《对手》、《班里有个新女生》等。

作家寄语：让我们在每一个文字里同行。

刘铭超，壮丽人生属于你

——记小革命烈士刘铭超

谢 玲

　　刘铭超，黑龙江省鹤岗市人，1986 年 6 月 27 日生。在兴安一校读书，少先队员。在校期间多次被评为"三好学生"和优秀班干部。1999 年 7 月 10 日，为抢救落水同学壮烈牺牲，年仅 13 岁。2000 年 1 月 27 日，共青团鹤岗市委员会，鹤岗市少先队委员会授予刘铭超"舍己救人好少年"光荣称号。2000 年 5 月 25 日，黑龙江省见义勇为奖励基金会授予刘铭超为 1999 年度"全省见义勇为先进分子"。2001 年 2 月 19 日，中华人民共和国民政部授予刘铭超革命烈士称号。

　　刘铭超在花季少年时期里，用他质朴的语言、英勇的行为书写了壮烈年华，为他短暂的人生谱写了一曲令人奋进的颂歌。

他最爱唱的歌是《歌唱二小放牛郎》

　　刘铭超生在改革开放年代。安定的社会环境，使刘铭超养成天真活泼的性格。他很喜欢唱歌，给同学们印象最深的是他教同学唱《歌唱二小放牛郎》那首歌时的情形。那是他刚上二年级时，学校开展德育教育活动，举办英雄人物事迹展览。他班出的是小英雄事迹专版。主要选了刘胡兰、小萝卜头、王二小、刘文学、赖宁等小英雄的事迹和图片，对学生进行"学习英雄榜样，走英雄道路，做英雄人物"的教育。为了把图片展览的教育形式搞得更生动，老师组织班级学生学唱《歌唱二小放牛郎》的歌曲,由谁来教唱呢?刘铭超第一个举手,主动要求教唱,他正好还是解说员,老师就把教唱《王二小》这首歌的任务交给了刘铭超。当时,他教得特别认真,全班同学学得也非常认真。唱着唱着刘铭超的眼眶湿润了,他是含着泪花教唱的,在他的感染下,全班同学也都热泪盈眶。那是一堂多么感人的思想教育课啊!过后,老师把他叫到办公室和他谈话时,问他"今天教歌时你怎么哭了?"他的眼睛亮亮的,一闪一闪的,过了好长时间,他用极低的声音说:"我要做王二小那样的人。"这孩子有着多么美好的愿望啊!班主任老师被深深地感动了。与其说是老师在教育学生,倒不如说是学生感人的表现教育了老师。

乐于助人的孩子 ●●●●●

　　刘铭超在家孝敬姥姥姥爷、帮助邻里,在学校帮助同学、尊敬老师的故事,同学们和老师永远都不会忘记。刘铭超出生时,因母亲患病没有奶吃,全靠姥姥一口口将他喂养大。刘铭超四岁时父母离婚,他就一直在姥姥家生活。刘铭超对姥姥、姥爷有着很深厚的感情。特殊家庭的孩子懂事早,他从能做事的时候起,就坚持自己的事情自己做,从不让姥姥、姥爷为自己操心。稍大一点,就经常帮助姥姥擦桌子、收拾碗筷、刷碗、扫地,经常帮助姥爷买粮、买油、买菜。姥爷付完钱,他就让姥爷坐下看堆儿,自己一样一样往家送。姥姥有心脏病,每次犯病时总是刘铭超跑前跑后拿药、端水,帮助姥姥洗脚,给姥姥捶背。有一次,姥姥的心脏病又复发了,病得十分厉害。刘铭超赶紧给姥姥吃救心丸,可是仍然不见姥姥清醒,他吓哭了,他顾不得深更半夜,壮着胆子去找舅舅,一路上他跌了一跤又一跤,腿被磕破了皮,出了血,但他仍忍着疼痛跑到舅舅家,把姥姥病重的消息告诉了舅舅,舅舅看到外甥摔成这样禁不住掉下了眼泪。刘铭超牺牲后,他姥爷悲痛地告诉老师,就在刘铭超牺牲的前两天,他还对姥姥说:"姥姥,我考上向阳中学了,下学期我就要到市里读书了。我走了,你千万别想我,我一定会回来看你的,以后你和我姥爷就不用起早给我做饭了。"左邻右舍的叔叔、阿姨、爷爷、奶奶们听说刘铭超牺牲了,都十分悲痛。他们都非常喜欢刘铭超这孩子,他们说,这孩子懂事,经常帮助各家做好事。

　　有一次,天要下雨了,刘铭超看见二户张姥姥家院里衣竿上还晒着衣服,家里没有人，刘铭超急忙将这些衣服拿到自己家里放好。等到雨过天晴又把这些衣服重新给张姥姥搭在衣竿上。张姥姥家门前的甬路是属于一栋楼几家共同出入行走的小路，刘铭超经常把长长的路面垫得平平整整，打扫得干干净净。

刘铭超在班级里学习成绩一直很优秀。他常常帮助那些成绩比较差的同学，鼓励他们要努力学习，不要掉队。刘威巍因为贪玩，经常不完成作业，老师让刘铭超捎信给刘威巍家长，让家长督促孩子学习，刘铭超暗暗替刘威巍着急，他主动向老师要求要和刘威巍同桌，帮助刘威巍进步，老师答应了刘铭超的请求。在刘铭超的帮助和良好行动的影响下，刘威巍克服了不认真的毛病，成绩渐渐提高了。在班级得到过刘铭超帮助、受到刘铭超影响而知道自己应该怎样努力学习的还有苗鑫、孙颖、陈兵兵等同学。

在四年级下学期，张真亮同学在家里不慎烫伤了脚，脚上起了好几个大水泡，因为不能上学急得直哭。刘铭超知道后安慰张真亮说："别急，我来背你上学。"以后，刘铭超一直背着张真亮上学、放学、上厕所，一直坚持半个多月，直到张真亮脚全好了，自己能走路为止。

刘铭超对老师有着深厚的感情。他尊敬老师，很能体谅老师的辛苦。有一次班主任老师有病，半天没有到班级来，后来听代课老师说，班级纪律不好，有的同学打仗，班主任老师很生气。刘铭超看在眼里，记在心上。下课后，他跑到老师跟前，悄悄地对老师说："老师，您别生气，我们都批评他们了。你正在生病，生气会伤身体的。"几句看似平常的话，却说得老师心里热乎乎的。

捐上四角钱献上一颗爱心 ●●●●

那是1998年的秋天，正赶上很多地区发生特大水灾，全国人民自愿捐钱、捐物支援灾区，向灾区人民献爱心。这一天，兴安区53委街道李主任正忙着组织居民为灾区捐款、捐物，居民们争先恐后地把要捐的钱和衣物送到居委会。李主任一时忙得不亦乐乎。这时，只见从人头攒动的人群中挤出一个小男孩的脑袋来，这个小男孩挤到李主任跟前，手里拿着四角钱郑重地说："阿姨，我叫刘铭超，给我登上记，我也捐钱。"这时，站在跟前的姥爷对刘铭超说："咱家已经捐了救灾款，你还捐什么？那钱是我给你买冰棍的，你捐这四角钱又能起什么作用？"刘铭超却对姥爷说："我少吃两个冰棍不算啥，全国小朋友都少吃两个冰棍，拿出钱来捐给灾区人民，不是也能起很大作用吗？"姥爷听了外孙的话非常感动，老人感慨地说："我活了七十多岁，竟不如孩子懂道理。"

给刘铭超送行那天，那位李主任也来了，她悲痛地对周围的人们说："这孩子真懂事，去年给灾区人民捐款，他把自己仅有的四角钱也捐上了，真是一个好孩子啊！"

一楼正厅有一个坚守职责的值日生 ●●●●●

学校里，不少老师都非常熟悉刘铭超这个名字，因为他常在一楼正厅清扫卫生。老师们称赞地说："这是一个坚守职责的值日生。"原来，学校领导因为他们班级学生热爱劳动，并且干活特别认真，就把一楼正厅这块卫生分担区分给了他们班。这块分担区平时走的人多，面积又大，很难保持清洁，所以是一个重点区，这个地方卫生的好坏人们一眼就能看得见，它直接关系到学校的整体形象，搞好此处卫生就显得很重要。把这项任务交给谁呢？一定得交给热爱劳动、工作认真的学生负责。老师第一个就想到了刘铭超。老师让刘铭超领两名同学每天利用早晚时间打扫、拖擦这块地面。刘铭超把老师交给的工作看做是对自己的信任，非常高兴地接受了这项任务。他没有辜负学校和老师、同学们的期望，每天坚持早来晚走，把地面擦得非常彻底，整个正厅的水磨石地面始终保持光滑整洁。老师们常常看见刘铭超和他的同学认真拖地的情景，不禁打心眼里发出由衷的赞叹："谁说现在的孩子缺乏劳动观念？看，这几个学生多热爱劳动！"由于刘铭超做事认真和他出色的劳动，他们班很多同学在他的影响下，都能在劳动中表现出积极和热情，劳动技能也不断提高。每周他们班都能获得流动红旗，同学们非常高兴。大家十分珍惜用劳动换来的集体荣誉。

刘铭超，壮丽人生属于你 ●●●●●

1999年7月10日，美丽的将军石山庄水上公园沐浴在一片夏季炎热的阳光里，阿凌达湖畔游人络绎不绝。公园道边开满了姹紫嫣红的花朵，随风摆动，引来许多蜜蜂和蝴蝶在花丛中盘旋。刘铭超和同学们尽情地嬉戏追逐，撒下一片欢声笑语。大自然多么美好，眼前这美好的景物给孩子们带来莫大的精神上的愉悦。人们在祥和、快乐中欢度着时光，可谁也没有料到将要发生的事。

那是中午时分，多数同学三五成群地聚在一起席地吃自己带来的午饭，只有师玉东在湖边水面上玩着塑料瓶，里面装着在河沟里抓到的喇蛄和小虾。一不小心瓶子顺水向湖中心漂去。为了抓住瓶子，师玉东不顾一切地下了水，可是两步下去，师玉东就陷入深深的水中，不会水的师玉东在水中拼命挣扎。这时，刘铭超正和几名同学吃完午饭路过这里，看到此景，刘铭超二话没说，边跑边脱掉上衣，光着膀子跳进水中。刘铭超本来不会水，但是他没有多想，他心里只有救同学要紧的念头，他用单薄的身体把师玉东托上了岸，师玉东得救了，可是刘铭超再也没有力气上岸了，他被无情的湖水吞没了。刘铭超在生死面前，不顾个人安危，奋不顾身奔向落水的师玉东，他把生的希望留给同学，把死的危险留给自己。

1999年7月15日，人们从四面八方赶来向刘铭超遗体告别，为他送行。刘铭超的老师和全班同学们含着泪给他开追悼会。同学们戴着自制的白花，默默地悼念刘铭超。当灵车启动的时候，他们声声呼唤着刘铭超的名字。刘铭超啊刘铭超，同学们想念你，老师想念你，了解你的人们更是想念你。师玉东捧着刘铭超的遗像一直送到火葬场。

人，不在年龄大小，只要有一颗爱祖国、爱集体、爱人民、爱同学、爱父母的爱心，只要有一颗爱别人胜过爱自己的公心，那他的人生就会更有意义，在祖国和人民需要时，就会做出让世人永远敬仰的伟大壮举。刘铭超短暂的人生是壮丽的人生、有意义的人生，是令所有人敬仰、学习的一生，他的名字和舍己救人的英雄事迹永远铭刻在人民心中。

刘颋，毕业于北京师范大学中文系现当代文学专业，文学硕士。现供职于文艺报社，副编审。主要从事文学批评的编辑和写作。编发《文艺报·儿童文学评论》100多期，所编发的文章曾获第六届全国优秀儿童文学奖理论奖。

编著有《二十世纪中华学案·文学卷1》、《末路狂花——世纪末小说精粹系列》、《20世纪中国中篇小说经典》等，发表评论、访谈约30万字。获"华辰杯"征文特别奖。

作家寄语：为自己的行为负责。

梳小辫的小朵朵

刘 颋

　　小朵朵是个小小的梳着两个小辫的小女孩。

　　高兴的时候，小朵朵的两个小辫像两朵小喇叭花一样，哇啦哇啦地唱着只有小朵朵和她的好朋友才能听到的歌；不高兴的时候，两个小辫就会像太阳落山时的喇叭花，紧闭着小嘴，耷拉着脑袋，一声不吭。

　　小朵朵经常有很多稀奇古怪的想法，还有很多稀奇古怪的好朋友和她一起玩。晚上快睡觉了，妈妈经常听见小朵朵说，小老鼠，快回家睡觉去吧，你的妈妈在等你呢。早上，小朵朵一睁开眼睛就问，小乌龟，你起来了吗？太阳公公晒屁屁了。

　　晚餐后，小朵朵说，妈妈，我们散步去吧。

　　好吧，那你答应妈妈，自己走，好吗？妈妈问小朵朵。

　　好的，好的。小朵朵拉着妈妈的手，出门了。

　　走了没多久，小朵朵说，妈妈抱抱。

　　你不是答应妈妈自己走吗？妈妈说。

　　妈妈，你看那边有个小宝宝是妈妈抱着的。

　　那个小宝宝还不会走路，所以他妈妈抱着。你都会走路了，为什么还要妈妈抱抱呢？

　　小朵朵想了想：我想要撒撒娇，所以要妈妈抱抱。

　　猴在妈妈身上，小朵朵高兴地摇晃着她的小脑袋，两个小辫像两朵正在

盛开的喇叭花。

小朵朵两岁半了，准备上幼儿园了。

妈妈告诉小朵朵，幼儿园里有好多好多的玩具，有好多好多的小朋友，还有好多好多漂亮的像妈妈一样疼爱她的阿姨陪着她玩。小朵朵可高兴了，天天闹着要去幼儿园。不过，妈妈告诉她，幼儿园里的小朋友睡觉的时候，是没有外婆的耳朵揪的。

那我让外婆去幼儿园陪我睡觉。小朵朵说。

幼儿园是小朋友去的地方，外婆进不去的。外婆告诉小朵朵。

那我就把外婆的耳朵带去。小朵朵高兴地揪着外婆的耳朵，只听见外婆大叫一声：哎哟，你把我的耳朵都揪下来了。

突然，小朵朵不说话了，也不笑了。只见小朵朵的小辫很快地晃动着。

外婆，我给你把耳朵粘上了。过了一会儿，小朵朵摸了摸外婆的耳朵说，还疼吗？

为什么呀？你不带外婆的耳朵去幼儿园了吗？妈妈问。

我把外婆的耳朵带去了，外婆就没有耳朵了。小栗色兔子刚才说，不能老揪外婆的耳朵，老揪耳朵会很疼的。小兔子说我再揪耳朵，它就不和我玩了。小朵朵很认真地对妈妈和外婆说。

说完，小朵朵翻开书，去找她的好朋友大栗色兔子和小栗色兔子去了。

小朵朵家的窗外，有一丛翠绿的竹子，那是很多漂亮的小麻雀的家。

一个冬天的傍晚，小朵朵看见门外的地上躺着一只小麻雀，一动不动。眼睛已经闭上了。

妈妈，小麻雀怎么躺在这儿呀？它为什么不回家呀？小麻雀的妈妈呢？小朵朵站在路边问妈妈。

小麻雀玩累了，躺在这儿休息一下。它妈妈正在家给小麻雀准备晚餐呢。一会儿，它就会回家找妈妈去的。妈妈拉着小朵朵的手，准备回家。小朵朵挣脱妈妈，跑到小麻雀的身边，把自己的小手帕盖在了小麻雀的身上：妈妈，小麻雀会受凉的，我给它盖上被被。

小朵朵拍拍手上的雪，跟妈妈回家了。

春天来了，小朵朵家门外的草地都绿了。风吹过来，小草甩动着它们的长发，跳起了欢快的舞蹈。

　　工人叔叔推着割草机过来，给小草们理发来了。小朵朵觉得很好玩，站在一边看着。

　　一只小麻雀扑棱棱地从草丛里飞出来，飞到了小朵朵的面前。

　　谢谢你，小朵朵。小麻雀在小朵朵身边跳起了8字舞。

　　我不认识你呀！小朵朵说。

　　去年冬天你给我盖的被被呀。

　　小朵朵想起来了：小麻雀，你的妈妈呢？

　　妈妈出去捉小虫子去了。小麻雀飞到了小朵朵的肩膀上，又飞到了小朵朵的小辫子上。

　　从此以后，小朋友们经常看见，小朵朵的两个小辫儿，像两朵开得大大的喇叭花，喇叭花里，还住着一只可爱的小麻雀。

70

张洁，中国作家协会会员。1996年开始儿童文学创作。创作有小说、散文、评论、童话、诗歌等，以青少年题材为主。已出版长篇小说《敲门的女孩子》、《秘密领地》、《麻瓜赫敏》、《幽秘花期》，中篇小说集《亲亲我的木栅栏》、《花开的时候》，中短篇小说集《水边的记忆》，散文集《永远的白鸽》、《月光之舞》、《阳光洒下来》，作品集"张洁月光少女小说"系列（3本）。长篇小说《敲门的女孩子》入选"百年百部中国儿童文学经典"书系。作品多次入选年度中国最佳儿童文学，被报刊、精选本选载。曾获宋庆龄儿童文学新人奖、冰心儿童图书奖大奖、冰心儿童图书新作奖和散文大奖、新世纪儿童文学中短篇小说奖、陈伯吹儿童文学奖、全国优秀图书二等奖等。获得上海"十大文化新人"、上海市"新长征突击手"称号。

作家寄语：记取万物之美。

假期的秘密

张 洁

一　没马的马厩 ●●●●

马厩没有一匹马。

她走遍所有的地方，碰到一头牛在田埂边吃草。它吃着吃着就走向前去，但是很快就走不动了，套在它脖子上的那根绳子被拴在旁边的树上呢！它只能绕着那棵树活动。

这是一头深褐色的牛，身子跟铁塔似的竖在地面，气味熏天，尾巴一刻不停地甩来甩去，看似随意，压下的姿态却像一根下手用力的鞭子，驱得蚊蝇之类的飞虫全迷失了方向。

她远远地站住了脚，感到那"鞭子"甩起的气流都沾上了强壮的牛力气。于是她就隔得远远地绕着牛转圈圈，把这座不安分的"铁塔"非常仔细地看了个够。

然后她继续走，又遇到一头牛，被农人牵着晃晃悠悠地沿着脚下唯一的路朝她迎面走过来。它也是一座"铁塔"，同样浓重的味道，似乎连呼吸都是浓重的，一边走一边向人直压过来。她忘记可以回头跑得很远，只知道蹿到路旁的房屋边，贴紧了墙站着，仿佛要把自己压到那些土砖里面去。农人和牛保持原来的速度慢慢地走，经过她的身边，直等牛走过去好一会儿之后，她才重新踏上道路。

也许还有牛的，但肯定不会多，她想。

这时，她真正知道，马厩就是一个村落，原先一听到这名字眼前出现大白马的情景只不过是她自个儿描绘的图像。于是她开始从头认识这个地方。

她往水沟里走，绕着庄稼地转，去晒谷场、河塘边、山上、果园，也走到相邻的村庄，跟同学回家，拍拍泥巴墙，在青砖墙上写写字……

渐渐地，从村头到村尾，每幢房子里住的人，她不仅叫得出名字，连人家的绰号、别名全记得牢牢的。小芬的妈妈叫田鸡呱呱，因为她特别爱说话；阿桂被叫做小猪不是因为长得胖鼓鼓，而是他家大人相信民俗里传的：名字贱的小孩容易顺利养大；小七子是他家的第七个孩子，也是他妈妈生下的最后一个孩子，他们家从第三个孩子开始全用数字来取名……

"田鸡呱呱！"人们远远地招呼。小芬一听到人家这样叫她的妈妈就皱起眉头不看他们，但是她的妈妈却乐呵呵地回应："什么事？"小芬的妈妈两只大眼睛炯炯有神，整个人都跟声音一样精神抖擞，说话快，走路快，做活快。水塘里的田鸡夏天里叫，马厩却一年四季都有蛙鸣，哪一天听不到小芬的妈妈说话，很多人都会去他们家门口张望，看看田鸡呱呱是生病了，还是遇到什么难事。

"小猪。"——阿桂有时答得爽利，还快速跑到人家跟前去；有时却爱答不理，甚至背过身子去做出根本听不到的样子；有时他真的什么都没有听到。胖阿桂憨憨的，很像无锡泥人里的小阿福。他理不理人全看自己当时的兴致，玩得投入时，他便只有自己的一方天地了，轻易走不到外面来，所以，在大人们唤孩子回家吃饭的时候，会看到小猪的妈妈拧着他的耳朵，一个使力往前，一个使力朝后，好像拔河，调皮的小孩见了就大叫"嗨哟，嗨哟"，然后躲起来偷偷看他们的反应，胆小的孩子看到后会伸出手紧紧捂住自己的耳朵。曾经有两个不同家庭的小孩分别问大人："小猪的耳朵会不会被拧下来？"他们的大人回答得一模一样："会的，像你这样又薄又小的耳朵，马上就会掉下来，你以后要听话！"

小七子报名上学时取了大名叫夏小明。但是大家仍旧喊他小七子，就连有些老师在课堂上提问，也会冲口而出："小七子！"小七子听到后会像一根弹簧似的立马从凳子上跳起来，但是假如是叫"夏小明"，他总要愣一下，过了一会儿才慢腾腾地从座位上起立。小七子好像自己都不认识"夏小明"。同学们都觉得惊奇，纷纷看着夏小明呵呵地笑，老师也笑。

马厩的田地在她的眼中也一天天地亲如家人。

她知道早春里插秧，麦苗在春风里越来越绿油油的，好看起来，菜蔬也喧嚷起来，铺得田里、架子上一片拥挤，扁豆、蚕豆的浅紫花开了；蚕豆长出来的时候，摘下来把它们的绿棉袄剥掉就可以直接吃的，是微涩的甜味道；红花草的圆叶丛一夜间就满是一簇簇粉红的花，引来蝴蝶和蜜蜂。春雨多，总是让水沟里涨满水，有一年她所在的年级被安排在另一个村落的校舍上课，春雨的一天她跨不过路上的水沟，结果一脚踩进水里去，两只套鞋灌满了水，她的脚也被阴湿冻了一天。

　　春暖的时候河塘里会有嫩菱，孩子们一边捞上来一边剥去壳吃，乳白的菱汁洒到白衬衫上后是一块暗绛紫色的斑，肥皂洗不掉的。天再暖下去，河塘里的水会被抽干，捉出来的大鱼和大河蚌用大竹筐装走了，剩余的所有小东西都属于调皮的年轻人和爱热闹的孩子们。他们赤脚走进淤泥里，先是走出两条泥腿，不多时候全身就难找到不沾深灰色河泥的地方了，有的是自己弄出来的，有的是相互扔来扔去玩出来的，还有打出来的，一起看中了遗漏的大河蚌，都争着做它的主人，两个人因此在河泥里翻滚着厮打。当两个人重新站起来后，看到对方的泥样子，刚才的不开心也就过去了，但是那个大河蚌也不知去向。

　　麦穗沉甸甸的时候太阳就有些热辣，路上很少有人。她独自晃悠在麦田边，发现一些野旱芹长得茂密，虽然妈妈说过它们不能吃，她还是采了一大把，她喜欢闻野旱芹的味道，可是麦芒却对她不客气，把她的皮肤扎得又痒又疼，冒出一片片小红疙瘩——这时候，夏天开始了，许多主妇心花怒放，把长豇豆、萝卜块铺到屋顶上，等着它们变干以便在没有这些东西的季节里照样享用……

　　秋天是成熟的季节，因此到处都是好看的。

　　人的身影也格外忙碌。小孩忙的是自己的嘴巴，山坡上的桑葚让他们的嘴唇都变成了紫色，她的衣服口袋也变成了紫色，她第一次看到这东西，她要装回去慢慢地看、慢慢地吃。秋风大时，晒谷场上就灯火通明，脱粒机转个不停，大人们都通宵工作。这一段日子，村里的地面上总是散落着稻草。

　　农村的霜特别显眼，清早起床，枯干的稻草上结了一层白绒，像画里的情景。被霜打过的青菜特别好吃，甜而糯，她特别爱吃。

　　接着天更冷下去，山上偶尔会有狼跑出来，小孩子不能单独跑到落荒的地方去了。空下来的耕地覆了一层河泥后，渐渐地发硬了，学校里的劳动课

上，老师就带着学生去把土敲敲松。地上冻了，田里的活也完全空下来，吃完腊八粥，老人们坐在墙角晒太阳，小孩子贴着洒满阳光的墙玩挤人游戏，主妇们聚在太阳底下纳鞋底，大姐姐们拢在一块儿织毛衣、绣花……

以上的光景在她的头脑里如电影镜头，甚至好些细节她都记忆深刻，唯独少掉七、八月和一月的模样，怎么想，都是空白。

"这三个月乡下是什么样儿的？我怎么一点印象都没有？"她问妈妈。

妈妈笑：·"那是暑假和寒假，你当然不知道。"

每次期末考结束，经常都不等考试成绩出来，她就已经坐在火车上，幻想着自己是一枚火箭，眨眼工夫就落到城里自己的家中去——在那儿有她很多的家人，他们的眼睛都是亮亮的，脸都是笑嘻嘻的，每次她冲进门时，他们好像早就候在那儿等她的样子，看着她欢呼。

就是这些亮眼睛、笑脸庞以及他们的欢呼声，让她从来就没有亲身在乡村过七月、八月和一月。

这酷暑和严寒两季的乡村，对于她来说成了小时候永远的秘密。

75

二 沉醉的夏和冬 ●●●●●

很多人怕夏天，她不仅不怕，还总是盼望。夏天跟热辣辣的太阳和很高的气温连在一起，知了躲在树荫里死命地叫"热死啦"；不过夏天也跟暑假紧密相连，有两个月，不必像一节挨着一节上课那样按部就班。

害怕冬天的人也很多，她特别害怕，但依旧盼望。冬天跟天寒地冻、北风呼号连在一起，北极熊可以钻到树洞里冬眠，人冻得满手、满耳朵冻疮，脚指头青紫，也没办法去"冬眠"；可是冬天里也有寒假，一个月的时间有几天过新年，所有的日子也不用过得跟上课那样有规则。

暑假和寒假，对于她来说这两阶段开始的标志是妈妈从图书馆里借来很多书，通常需要分几次搬运才能都拿回家，然后整齐地堆在专门放借阅图书的地方。

假期开始了，意味着她的集中阅读时光来到。

这时候，沙发成为她的据点。

翻开一本书后，她不再是个守时的孩子，除了每天做假期作业，她会忘掉饥饿，宁愿口渴都不动身去倒水喝，也听不见敲门声、电视和广播里的声音……这时候，她也不再是爸爸和妈妈一叫就应答的小孩了，不管他们叫她做什么事情，她都回答："马上。"于是，她的名字消失了，家里的人干脆都叫她"马上"。

"马上"沉迷地走在文字堆筑的街道和广场，踏入不同人用字砌起来的房屋、隧道、钟楼，看着字施展魔法，呼风唤雨，千变万化，无所不能。

在那儿，她遇见镭的发明者居里夫人，为她凝神专注的神情心动，祈愿在车祸中丧生的居里先生重新回到这位科学女神的身旁。

在那儿，《安魂曲》不绝于耳，她拼命地拒绝，仿佛只要听不到这名曲，音乐神童莫扎特就能够永生，然后坐到钢琴边继续弹奏他的音符。

在那儿，她跟着小姑娘多萝茜飞到天上，然后见到芒奇金人；追踪雷米的脚步，一路流浪，寻找亲生母亲；幻想自己的草帽是木民谷里的那顶魔法帽，变出稀奇古怪的东西。

在那儿，她见识了数学家张广厚和杨乐的刻苦精神，他们友好合作攻克的数学难关，在世界数学史上刻入"杨张定理"。她盼望他们有新的发明，以至于后来读到张广厚英年早逝的消息，心陡然沉落。

在那儿，岳飞驰骋沙场的情景、他的凛然之气和不幸遭遇，犹如电影般闪现在眼前。电影放完了，影片中的画面仍一遍遍在她的脑海中回放。

在那儿，她一遍遍在脑海里"改写"李清照的身世，望眼欲穿地要把失却了原来生活的女词人拽出很多很多年前的那个时光。她拽不出，她急出了一眼眶的泪。家人问："你怎么啦?"她久久说不出一个字。

在那儿，更多的时候，是作家们创造的人物，让她感受到神奇、丰盈、隐秘、温暖、甜美、丑陋……让她体会到幸福美满和不幸残缺，领悟正直、善良……让她热爱，让她痛恨，让她心疼，让她赞美，让她敬仰，让她鄙视……在盛夏的酷暑中，她听得见林中的风声，看得到雪花飞舞、冰冻三尺；在寒冬腊月里，也有彩霞满天、蜻蜓点水和蝉鸣此起彼落，蚂蚱在草丛里跳跃……

她流连忘返。

这是一次旅行，也可以是一项游戏，也可以是一次实践，也可以是一次经历，也可以是艺术欣赏，也可以是美味品尝——林林总总，全在于她自己以为。

她完全是自由的。

书也是自由的。

他们彼此独立，同时相互融洽。

好的描写有时候会抄在专门的笔记本上，比如《呼啸山庄》中的暴风雨、雪、雾，《约翰·克利斯朵夫》里黑夜中的江声、钟声、婴儿啼哭声，《南行记》里昆明城"寂寞的微笑"。她一辈子都忘不掉那些文字所带来的身临其境之感。

笔记本上还有喜欢的诗句，如冰心的《纸船》，从少年时代起，一直相伴到今天："我从不肯妄弃了一张纸，／总是留着——留着，／折成一只一只很小的船儿……"只要想到，每个字在眼前都是一艘白船儿，承载着女儿的心，驶向母亲的梦中。

还有专门记录数学公式、代表题和独特解题法的笔记本。她曾经邂逅一本繁体字数学题集，深度泛黄的纸上浓缩汇集了中学阶段的经典题型和最佳解析法。书，属于父亲的收藏，被她发现。读完后她悄悄地放回原处。它打开了一道数学之门，也打开一条认识父亲的通道，由此而入，她看到了父亲年少的身影，他孜孜学习的情形。

也有与阅读画册相关的本子，她用十六开图画课作业纸装订而成，装订线的式样来自在马厩读一年级时的记忆，是红莲妈妈的手艺。婴儿肥、洋溢着民族特色的女孩从《周昌谷画集》中临摹过来，碳素铅笔的手来自《门采尔素描集》，孤帆远影取自一套俄罗斯画片中，刘文西作品的名字是美术杂志中介绍的。

数学作业本被她用来收集从杂志上看到的绣花图案。体操消息和专业技术名也专门记下了。

书中的有些话也会奇怪地印入心田，比如《徐悲鸿传》中主人公的座右铭："天无绝人之路。"小时候她因为相信徐悲鸿而相信这句话是好的，渐渐长大的途中，她慢慢意识到这句话果真好，她把它送给自己，也送给好朋友。

在别人琳琅满目的故事里，有时也会出现她的经历、她的思想、她的眼泪和轻快，于是她会格外记住这个作者的名字。在这个世界里，她因此知道了一些作家，以追踪他们的创作踪迹为快乐。

合上书，常常需要沉默地坐上一会儿，她才能够重新听到原本生活中的声响。

这时的原本生活，总是显出格外的密实，跟原先有了不同。身边的人们和周遭的世界，看上去都好像更加亲切。

三 西瓜酱·水彩画 ●●●●

暑假里，每天必吃的是西瓜。但是那一天，外婆捧着大西瓜，不说"吃西瓜"，却叫："做西瓜酱啰！"

"西瓜酱？涂在切片面包上的？"她问，跑到厨房里，"它在商店里，每回妈妈都去买回家，我们还涂在油炸小黄鱼上，好吃极了！你自己做？"

"当然！还会有什么西瓜酱呢！"外婆得意地说，"跟店里买回来的一模一样。"她把西瓜冲洗干净后放到砧板上，说着"变，变，变"，然后有一碗瓜瓤送到她的手边。

她捧着碗，等待外婆发指令。

外婆继续捧着西瓜挖掉剩余的瓜瓤，而后开始削西瓜的青皮。

"怎么还不吃？"外婆朝她手里的碗努了努嘴巴说，"瓜可不是用来看的。"

78 她不知所措，她一直当瓜瓤是做西瓜酱用的。然而有用的却是淡而无味的瓜皮——外婆把它们分割开来，再又切又剁、加上糖闷在锅子里煮……

终于，铁锅里噗噗噗欢快地叫开了。

炉灶上弥漫着白色的烟雾。

炎夏的厨房此时闷热得像个大蒸笼。

外婆和她的脸都通红，因为太热，也因为兴奋，她们同样热切地等待着锅里的西瓜酱，外婆眯着眼睛，沾沾自喜甚至都迫不及待地等着展示自己的成果；她的眼睛瞪得好大，好像等着一个惊人的秘密。

"看看我们的西瓜酱。"外婆终于说，揭开了锅盖，蒸汽劈头盖脸地扑过来。

她赶紧向后退。但是外婆的长勺伸到锅里去搅拌了，她又赶快凑到近处看，她太想知道那东西在家里做出来到底是什么样子。

外婆继续不停地搅拌她的西瓜酱。火开到最小，外婆说这是食物特别香甜的秘密。她看到勺子翻滚起来的东西已经很像妈妈买回来的西瓜酱了，这时，外婆用调羹挖出一点给她品尝。

"味道跟妈妈从商店里买的一样。"她告诉外婆。

可是外婆说还要加些东西才算完工。她觉得根本不需要，外婆已经像她自己说的那样，做出了跟店里一模一样的西瓜酱，于是她觉得没什么好等的

了，就跑开去玩了。

外婆后来加了什么东西，她全然不知。但她确信自己也能够做出跟商店里买的一样味道的西瓜酱。

终于有一年暑假，她向家人展示自己的"技艺"，这时一位同班同学突然来访，亲眼目睹并一起品尝她做出"商店里买的东西"。每个人都吃得很多，他们还加冰块吃"速冻"的。

"我第一次知道家里做得出西瓜酱！"他说，"你竟然会做这事情！"

"是的，我还跟妈妈一起做过苹果酱，不像店里卖的那样甜得腻人。"她得意地说，同时很高兴有人懂得她除了做功课和看书，也能干日常琐事。

但是开学后，他仍然像很多人那样，认为她不食人间烟火，像原先一样因为她勤勉学业而欣赏她。有时大扫除他还是跟从前一样跑过来帮她搬课桌，照样开玩笑说："这种体力活怎么可以让读书郎做呢？"有回他邀请一些同学去家里聚餐，她去厨房帮忙，他取出电视机遥控板塞给她，说："这不是你待的地方。"他又说，"你的活儿就是看电视，然后动嘴巴吃东西。"

她知道别人对自己好。无论她如何长大，用力好好地长大，对于身边的人来说却似乎总是停留在小时候，他们好像约定好了似的让她一直做着小孩子了。她有一点点难过。"西瓜酱"在心里渐渐地堆积起来，她用水彩把它们涂抹到纸上，题为《朋友》。

看着白底上的色块，她忽然想到只有自己才说得出这些到底是什么东西，于是有了设下一个谜的小得意，情不自禁地笑出来——先前那一丁点儿怅然之情，忽地飞得无影无踪。

她笑着把《朋友》揉成团，扔进废纸篓里，然后，重新画了一幅水彩画，是一个超级大的西瓜。

她想取名《长大》。

可是突然又换了画笔，抹着颜料，在西瓜旁画上一个小女孩。

小女孩没有西瓜高大，但是对着它无拘无束地张大了嘴巴——她还是题名为——《朋友》。

79

韩青辰，籍贯江苏泰兴。毕业于南京大学中文系。中国作家协会会员。二级作家。出版有长篇小说《LOVE天长地久》、《爱就爱了》、《山诱》、《水印》、《守口如瓶》、《飞翔，哪怕翅膀断了心》。曾获陈伯吹儿童文学奖、冰心儿童图书大奖、新世纪儿童文学奖、十年江苏报告文学奖、《少年文艺》好作品奖、《儿童文学》小说擂台赛奖、侦探小说奖和金盾文学奖等。作品多次被选载。

作家寄语：崇尚真、善、美高于一切。

属　地

韩青辰

鲁院在北京近郊一条不起眼的小巷里，巷子两旁是一些小门面的杂货铺，没有像样的商场与建筑，很民间的样子。不过，等那方块的本色石头墙出现，看见那白底黑字的"鲁迅文学院"，一切的雍容和奢华似乎又来了。

鲁院质朴雅致，修剪得齐整的瓜子黄杨圈出左右两片园子。左边疏朗一些，齐膝的金叶女贞和垂柳互相交错，之间弯弯曲曲一条石子小路。小路尽头是道黑瓦白墙，墙中央圆形的门楣上题了两个字"文园"。

右边的园子林木要绵密些，雪松高大挺拔，和那株上了年纪的梧桐一起比赛着参天，成为园中一对玉树临风的王子。草地上的碧桃、木槿、丁香、白玉兰、紫薇和竹就羞涩成了仙女，围住王子点点散开。尤其那片粉红带紫的紫叶小柴，羞答答犹抱琵琶半遮面的样子。

潇洒的是竹，密密麻麻覆盖了园子的东南角，形成大片汪洋。竹海边有刻了"风雅颂"的假山，等到竹海的深处，可见一间雕梁画栋的亭子，题名叫"聚雅亭"。亭子有了年代，栏杆的红色已经斑驳剥落，越发引人想象亭子曾阅历过的风雅与欢腾。

园林往里是图书馆，这里显然是院子的灵魂，如果没去瞻仰那一排排书——它们从1951年起立到现在，半个多世纪过去了，大都旧得泛黄，有的还掉了封皮，蒙了污尘。可污损遮掩不了它们的光华。它们静静地立在那里，仿佛预约好了似的。等你走近，迫不及待地握住它们，像久违的老知交那样，你甚至能听到它们痛快地呢喃：原来我一直在这里等你。随便翻开一本封面烂了的《辛格短篇小说选》，封底的小书签上，余华等老师的签名竟然清晰。

当时我所有的想法就是永远待在那里了，一本本地吞下去再走。脚下像生出根来，我相信它们涌进了我的内心。

图书馆对面是教学楼，一楼大厅的中央，立着鲁迅先生的黑石雕像，两排的墙上分别是丁玲、曹禺、巴金、茅盾、老舍、艾青、赵树理等文学大师的雕像，从经典的书籍再到经典的作家，庄严和神圣越发强烈了，心间生起激越而澎湃的乐音，仿佛走进了文学的教堂。

不禁想起南京的日子，我常去的大学中文系里，也立着石刻的鲁迅先生雕像。多少次，我流连在先生的脚下，那雕塑上面刻着："石在，希望的火种就不会灭绝。"他支撑着我，直到来到这里，来到先生的家里。同样，雕像上也刻着先生的警句："横眉冷对千夫指，俯首甘为孺子牛。"

这些加深了院子的幽静和风雅，非常奇怪，院子里碰面的每一张脸都会亲切地微笑。楼道里的清洁工，院子里的着灰色制服的保安，还有食堂里的大师傅们，那种微笑不是职业式的，而是从心里绽开的温情与体贴。好像是来到了另外一个世界。

二

鲁院活泼的是那些随处可见的猫，大概七八只，倒是各具特色。

流连在聚雅亭的是一只毛色纯白的猫，眼球水晶蓝，叫声很哆，见人就会扭头盯住，幽怨地叫唤。然后才收回视线，一扭一扭地优雅离去。过程中你能清晰地感觉到它对你的注视和交流，仿佛在招呼"你好！"什么的。

白猫爱躲在亭子的栏杆后面观察，它将额和下巴遮住，只露出蓝蓝的眼睛。自以为掩藏好了，只是不知道它上翘的白尾巴早泄露了秘密。所以它藏住自己的样子就有些顽皮和娇憨。

不在亭子间的时候，白猫就藏在竹海里，美女狐般地时隐时现——它隐在幽密处，听见人声就会发出动情的叫唤，仿佛要吸引人的注意。等我们弯腰从竹林里困难地找出它，它才正式出场。先是低头来回走一圈，待我们即将转移出视线，它又低低地叫唤。那声音轻柔颤动，像琴弦被温柔地拨动。

我们回头，它便跃上聚雅亭的栏杆，抒情地盯着我们叫唤，像在开个人演唱会。偶尔也会翻跟头、打滚、伸懒腰、做鬼脸。

我们惊叹它纯白的毛色、纯蓝的眼球，以及周身的妩媚、慧黠和人情味儿。

它像听得懂我们的赞誉，眼神波光涟漪，美丽又哀愁。我猜它知道自己是美丽的。它自恋，但一点也不讨厌。

黑猫最骁勇，不仅毛色乌黑滑亮，身手也矫健，上蹿下跳利落而狂野。它的眼球是淡黄色的，盯着人的时候极其犀利，让人不敢对视。可它却偏偏要执拗地盯着你，好像盯到了人的灵魂深处，包括自己都抵达不了的幽深。猛地，你会为不小心被它洞穿了不寒而栗。第一次见它，我是尖叫着逃开的。

大概因为它的骁勇，鲁院的保安们特别宠它。它是猫里唯一拥有金属饭盘的。饭盘上还贴着纸条，用毛笔写着"黑猫警长"。

黄猫是一只准妈妈猫，大概担心肚子里宝宝们的安危，它显得特别警惕。看见人，必定拖着臃肿的大肚子迅捷地逃窜。它可真会做母亲，母亲节那天，一窝生下来五只小猫咪。它们团在食堂门口的楼梯下，身子下面不知谁给铺了一块破棉絮，还有人提供了饭盒和水盆。学员们纷纷去看望小猫咪，每餐必有女生给它们捎鱼刺和肉骨头。

84

黄猫妈妈领情归领情，但警惕并没有松懈，一旦有人靠近，它必定起立，把眼睛睁圆了瞪着人，尖耳朵直直地竖立，目光如炬。仿佛你只要做出什么不妥，它就会跟你拼命。

听说这些都是流浪的野猫，收留它们的是食堂的师傅和院子里的保安们。想来它们真是世界上最幸运的流浪猫。

三

与猫们相比，院子的主人清一色的安静。小院里的老师、同学加上工作人员，每天至少活动着近百人。可除了一日三餐，院子里很少有人声，安安静静的像间空院子。偶尔会传来院外工地和马路上的噪声，就像秋风拂面。

即使是餐后，学员们在院子里溜达、散步、交流，偶尔也会有嬉笑成浪，但转瞬就安息了。院子安静得像一口经年的老井，你能感觉到水般的晶莹和

清凉，除了这些还是这些。

学员们则宛如那晶莹和清凉的水，各自沉浸在自己的井里——他们或坐在图书馆阅读，或关在房间里创作，周遭的一切忘了，即使喧闹的市声也引发不了什么，只能是轻轻地来，再轻轻地飘逝。

你定能体会到这里如火如荼的求索的气氛。只有在散步的时候，或在食堂吃饭，学习的快乐和焦虑才会像炊烟一样散开。

"读了什么?"

"今天的课感触最深的是什么?"

"写了吗?"

鲁院是一个让人不敢懈怠的地方，前辈的勤勉和成就时时在敦促和激励着后人，任何的放纵和轻慢仿佛都是罪过。

那晚有一个应酬，跟着朋友们欢欣地朝外走，却不知被哪儿来的歉疚越来越紧地牵绊和束缚。终于在出门之前，我遵照了我的心，退步回来了。

当我转身回到亲爱的鲁院，我的心急切地扑向充满植物清香的小路，像一只殷勤多情的鸟，要挨个地去亲吻这里的每一个角落、每一寸土地、一草一木，包括砖缝里的泥尘，只有在回归母亲的怀抱时，才有那样的急切和安心啊。

每天，当阳光在窗户上点点泛金，我会在被子里痛快地舒展身子，脑子里冒出"心安即是家"的句子。只有在家里、在童年的出生地，才能拥有这么充实、安心、饱满、酣畅、毫无缺憾的睡眠。仿佛天生就属于这里，也许心灵上某一块早就被安置到了这里。我像一块搁在日光下太久的海绵，终于回到水里。周身被滋润得饱满而激越，沉甸甸，再也不想起来。

我把鲁院的日子紧紧抓在手上，像葛朗台抓住他的金子，而我握住的简直就是生命里最大的贵重。我舍不得，由衷地从未有过的舍不得。我小心再小心地享用着鲁院的分分秒秒。另一方面，又觉得自己像圈养久了的烈马，终于放归到自由辽阔的草原，除了撒开蹄子奔跑，再奔跑，其他我什么也不想做。

我的院子，不，文学的院子，来来往往挚爱着文学的国人的院子，她尊贵无比、圣洁无比、神秘无比。她的魔力和魅力让我奔腾。当我流连在聚雅亭和文园之间，掉进文字的迷宫把一个个白天和黑夜敲击进去，我是幸福的，至高无上的幸福。

那天，洗头的时候，不小心将珍爱多年的耳环掉进了水池，只听到清脆的一声响，左耳朵上就空落了。我追望着黑黢黢的下水道，懊悔和遗憾还没涌上来，心底里就冒出来另外一个声音，急吼吼地安慰我："也好，这样我就等于将自己葬下了。"

我的差一个字就考中举人的太爷，是个闻名乡野的秀才。可惜葬于乱世，我们后代连他的坟址都找不到。父亲在修建祖墓的时候，就写了他的名字合在墓里，勉强算是。

人到中年的我，自然不知我将来归于何处，但这里葬下来我最心爱的耳环，总比一个名字实在。这样一想，何憾之有？

四

鲁院的诗意总是从清晨开始。那时阳光刚刚出来，还没热，空气是清凉凉的，草叶、竹叶和树叶因为饱餐了夜露而滋润水灵，叶片上常常蒙着水雾，摸上去一片湿润。

风也刚醒，竹子和紫薇、丁香、女贞以及垂柳和青松，都是静穆的，懵懂未开似的，透着处子般的清宁。猫睡在草地上，非常慵懒，就连那只白天非常骁勇的黑猫警长，这时也懒散地趴在草丛中。

白猫刚刚从梦里醒来，浅蓝的眼球一动不动地盯着你，可以看见那蓝色深处的一星黑，使得蓝的更蓝，黑的更黑，透明、晶莹、洁净，加上那毫无杂质的一袭白毛，宛如院子里的白雪公主。

黑猫警长饭盒让大家非常好奇，纷纷问，是谁这么浪漫而有善心和富有情趣？是那些年轻的保安小伙们吗？他们都有一张纯良温暖的脸，话不多，见面大都轻轻一笑，温暖和气，对人的敬重和自尊都在其中了。

这个时间，他们在花园里拔草，花圃里的水龙头可能出了问题，他们蹲在那里修理。遇见我们锻炼，生怕打扰了，总是绕道走。即使绕道他们也是微笑着的，但目光一定不会望过来，好像哪怕看一眼，也会打扰。

那个黄昏，晚风少有的轻柔，院子里非常安宁，突然传来浪漫的吉他声。循声过去，却见一个翩翩少年抱着一把绿色的吉他。我们显然惊动了他，他却不恼，抬头朝我们笑笑，随之又低头去弹奏。多美好的黄昏，多美好的年轻人，他有着多优雅的情致呢！他简直不知道他低头俯就在吉他上投入的样

子就像一幅美丽的画、一首天然的诗。

他是保安中的一位，特别爱那些猫。那回我们要给猫拍照，他赶紧退后，远远地微笑望着。一旦猫乖觉地望着我，而我又及时按了快门，他就会高兴地说："这回一定漂亮。"那口气仿佛在说自己的孩子。

又一个清晨，他们在园林里整理杂草，打扫路面的垃圾和落叶。突然风把草地上的一块警示牌吹倒了。

只见他们中的一位小心翼翼地蹲在草地外，费力地伸手去够那块牌子，整个人几乎要跌倒了。即使这样他也不去踩地上的草。好容易他才捡到牌子，重新认真地插下。牌子上原来写着：别踩我，怕疼。

大概怕打扰别人，我发现他们从不高声说笑，更没有年轻人常见的打打闹闹，吹吹口哨，总是那么安静、殷勤和举止规范。偶尔打饭他们站在我们前面，一定像做错了似的坚持退后。

多么虔敬的人啊，他们都有一颗安静、博爱、宽广、质朴的心才能事事这么尽善尽美。他们一定深爱着这院子，深爱着自己的工作，所以才这样顺服、勤勉而心甘情愿。

同是年轻的工人，为什么他们看起来如此不同。难道是因为他们生活在鲁院吗？我不知道这理由对不对，总之他们是我见到的最尽责和最满足的员工。当然也是一群生命质量很高的人。在我眼里，他们仿佛是院子里流动着的木槿、白玉兰、三角梅、雪松和竹等。和猫们一样，他们是鲁院馥郁的诗意。

诗意的鲁院是幅多么和谐美好的生态图，滋养这生态的，没别的，就是无处不在的平等、爱、关怀和个体生命尊严的完整无缺。

无疑，鲁院成了我心的属地。我是多么爱着它，我更庆幸我没有在少不更事的早年，也没有在神志含混的晚年，而是在年富力强的中年来到了鲁院。原本这也是一场诗意盎然的约会。

立极，1968年10月生于大连，工商管理硕士。中国作家协会会员，辽宁省作家协会签约作家。1998年创立少年心理咨询小说。曾获中国人口文化奖、冰心儿童图书奖等20余项奖。入选国家新闻出版总署首届"三个一百"原创图书工程和漓江出版社《中国年度儿童文学》、长江文艺出版社《中国年度青春文学精选》等多部选集，作品还被译成日、德、意等文字。

作家寄语：在浩瀚的宇宙里面，人类永远都是孩子，一个天蝎座O型血的大男孩，愿以最纯净的童心，去为你们构建一个真实而又虚幻的心灵世界……这里有着美好人生所有的真谛。

十　年

立　极

　　夏夜似梦境不期而至，琥珀般把眼前世界包裹起来。一切都沉静下来，只剩嗅觉在黑暗中醒着，被缓缓送来的独特馥郁萦绕。这是久违的栀子香气呀，一波波如潮水在记忆里熠熠闪亮。寻香望去，花白摇曳如雾中的女生脸庞。仿佛一道闪电划破暗夜，尘封已久的花季之门无声打开。我又看到了那个十六岁的男孩，内心平静地站在黑暗的丁字路口，双手合十向上天祈祷：让她活着，把我的生命给她十年！

　　那个傻傻的男孩就是我。

　　被祈祷的女生是我初三同学，姓林，记忆里皮肤白如栀子花瓣，很端庄秀丽的样子。那时我举手投足充满孩子气，从心理和生理都单纯得很。但她已栀子般绽放微笑和明亮眼神，挺拔的身体更像一株夏天的小白杨。她的歌唱得极好，嗓音甜美韵味悠长，在全校的晚会上出尽了风头。如今让同学聚会牢记的还是一双双为此拍红拍痛的手掌！可能因为有倾慕她的大胆男生不时来找，她平日里神情倨傲，行走时总是天鹅一样昂着颀长的脖颈。不过她对我没有那种距离感，交谈很是轻松开心。

　　后来班里传出了一件"大"事，她的日记被偷看了。这是一本早恋日记！男女间那些令人羞耻的细节，诡异的小妖般在同学们嘴里蹦来蹦去。女生们故作镇静的面孔下藏了慌乱，男生们古怪神情里则透着莫名的兴奋。花季里迟早要遭逢的难关，竟然以这种始料未及的方式，为我们掀开了神秘的面纱。那个男生我认识，学校的长跑健将，小麦色的矫健身躯常在操场上纵横驰骋。

早恋事件在全班掀起了轩然大波，最终老师也知道了。我看着她被多次叫去谈心，然后在所有怪异难堪的目光中，罪人般姿势僵硬地走回座位，用沉默固守最后一点自尊。很快大家就把此事抛到脑后，因为中考在即，每年都有很多人落榜辍学。暑假中一个更大的事件发生了：早恋事件加上中考不第，使她最后的心理防线全面崩溃，服毒自杀后被紧急送往医院抢救。

　　我的家离医院很近，得知消息后我马上赶了过去。穿过充满来苏消毒水味道的长长走廊，焦灼的我在病房门口见到了她的母亲，那张人过中年的脸因过度惊慌和痛苦变得秋菊般枯黄。人生第一次目睹生命在死亡门前挣扎徘徊，我的心情紧张得无法形容。我看到她躺在床上深陷昏迷，一双瞪大的眼睛不停地旋转，却没有一个停顿的焦点，牙关是紧咬着的，不时发出无意识磨牙的咯咯声。天哪，这样的悲惨一幕映照在少年眼中如此恐怖！询问医生能否抢救过来？回答说生死未卜——抢救服毒病人的过程反复无常，明明已经抢救过来了，看似健康人一样，没几天竟又毒发身亡……一个绝望的声音在我心中大喊：一个曾和你朝夕相处、如花初绽的生命，就要这样变成森森白骨吗?!

91

　　那时，我比现在更有男子气，没有泪水只有行动。我不要她死！自认为作出了一个人生最重要的决定——那个夏夜，我穿过栀子大片馥郁的香气，停在医院前充满象征意味的丁字路口，用十年生命虔诚为她祈祷。就在祷词出口的瞬间，我陡然听到一声贯通灵魂的风啸，神秘如巨大的黑色翅膀，裹挟着誓言从头顶迅疾掠过。

　　一周后传来消息，她奇迹般苏醒并平安度过了危险期。我仰头看绿叶间漏下星星点点的阳光，很是兴高采烈了一番，之后为自己的生命小小担忧了一下。扳着手指算后，我亿万富翁般笑着安慰说，不过是区区十年而已，生命还有好多个漫长的十年呢！

　　至于林姓女生，后来不再上学了，也没有马上参加工作。那些心理和生理上的巨大伤痛，毕竟需要大段时间来平复，活着就好。秋高气爽的时节，我们在那个丁字路口邂逅过一次。看得出她恢复得不错，阳光下青春神采依旧。因为久未谋面，明眸皓齿中甚至带有了几分雀跃。我们高兴地说了一些话，从此没有联系更未相见。她从不知道的是，在地狱之门前苦苦挣扎的时候，有一个同学誓言把生命中无比珍贵的十年慷慨赠与。

　　如今的同学聚会中，听到好多熟悉的名字已经阴阳两隔，包括那个肤如小麦色的长跑健将，却没有她的任何消息。我猜她大概和所有的同龄人一样，结婚生子，过着普通人的生活。我们举杯追忆往日纯真，慨叹时光飞逝一去不返……感谢这久违的栀子花香，我又回到那个梦境般的夏夜，看到了昔日表情圣洁的男孩，一个双手合十向上天祷告的瘦弱身影，散发着纯真、勇敢和虔诚的光芒，他曾经用那样特别的方式去抵挡命运的严酷和无情。

我再度回到十六岁的花季。

92

张怀存，土族，笔名白灵。画家、诗人，中国作家协会会员，文学硕士。曾出版诗集《赠你一片雪花》、《心中的绿洲》、《怀存短诗选》、《铅笔树》等，散文集《听见花开的声音》、《自由空间》等，人民美术出版社出版画集《张怀存画集》。儿童诗集《铅笔树》深受孩子们的喜爱。在我国香港、澳门等地，以及韩国、日本等国家成功举办个人画展。

作家寄语：再小的生灵，也是大自然的生命，如果我们的心灵能与之对话，那我们就拥有了自然的秘密。

春天的心（外二章）

张怀存

　　春天来了，在早晨湿湿的雾和细细的雨中悄悄走来；在轻轻的风儿和暖暖的阳光中悄悄走来。绿茵茵的草地，清晨中的鸟鸣，好一个惬意的春天。我让自己的思绪走进青青的田野，我用我的心，寻觅那静静绽放在田野里的小花，多么希望花儿能听到我的心音。

　　我就是这样带着我的心走在薄雾的晨光里，感受清风的抚摸，静听花开的声音。远处，从学校里传来孩子们琅琅的读书声，一只小鸟从我头顶飞过，那回头一声清亮的鸣叫与孩子们的读书声融合在一起，就像一首美妙无比的歌谣，让我心动。草地远处晨练的人们，彼此陶醉在鸟语花香的操练音乐中，脸上写满自信，快乐自由。低头细看，啊，绿茵茵的草丛里小虫们忙忙碌碌地来回寻找食物，不知名的花儿们交头接耳、竞相开放，仿佛整个空气中都飘荡着花儿开放的声音。

　　一棵大树下，三三两两的老人们提着鸟笼谈笑风生，薄薄的雾气加上小小的雨星，似乎不影响他们交流的兴趣。是啊，何必忧愁，都已经走过了许多风风雨雨，人不就是为生命而歌，为善终而高兴吗？就连那学校里晨读的孩子们，也是把心放在课本里，让梦想长上翅膀，然后用自己努力的汗水等待。他们是在学校里倾听小草、花儿开放的声音。我在春天的清晨里用心倾听小草上露珠儿坠落的笑声，倾听老人们飘零的反反复复的人生絮语。

　　穿过小路，一条清清的小溪映着小草、白云，溪面上罩着一层若有若无的雾气，风儿若有所思地从身边走过，就像我愉快地行走在春晨里的思绪。

我就是这样毫无目的地漫步，看着一只只飞过头顶的鸟儿，穿梭在马路上来来往往的人群，听着风儿轻轻的对话、孩子们清脆的歌声，忽然明白：只有拥有美丽的心境，才会感受生活的情趣。我笑了，多么明朗的清晨！

我的心在晨风里激动，觉得自己像高飞的小鸟，风和日丽的日子让我的心悬得很高，但我自己要决定何去何从。清晨的心安慰我，好好感受生命的平平淡淡、从从容容。我想每一棵树都要长大成材，但不一定每一棵树都有果实。

喜欢这片草地，因为这里有与众不同的风景。也许我的笔无法写出此时的心境，但我的心里感受着春天早晨的快乐。人们，何必为了一棵小树而放弃一片森林，忽略身边这些美丽的风景。

清晨，我发现了春天的心。

想起你，春天就来了 ●●●●●

当落日跌入远山的深处，忧郁了的阳光为今天的逝去而惶惑。我在夕阳里独自怀想你那穿透文字世界的声音。曾默默期待，其实你从来与我只一箭之遥。在我无法触及的空间里，你微笑着来到我的眼前，对我说着有关春天的故事，让我接受春天真诚的友谊。

月光笑笑地走进我的房间，轻轻拉上窗帘将长夜里的风雨关在窗外，在月光里编织春天的梦。风儿交替着闯进我的心房，从我的思绪中走过，高举友爱的火把，红光满面地穿越在我的视线里。我知道，我降临这个世界上，命中注定要相遇春天，相遇你，春天里的每个故事都会属于我，属于你，属于我们的朋友。

早晨，推开窗户，清新的空气伴着暖暖的朝阳涌进房间，春天来了，看见春风我就想起了你。四季轮回，你匆匆来又匆匆离去，留下无数美好的故事让我回忆，而我所有的日子也变得春风洋溢。我想，我会仔细收藏我们春天般的友谊。今天提笔写你，就是让春天的晚风带去我的思念，带去我的祝福。生活充满了阳光的同时也充满了失望，我在年轻的梦中写下你连同春的故事，静静地收藏，小心翼翼地放弃。

有些人和事只能是静静地记得，就如春天的小花静静绽放。假如你没有那春天般可贵的品质，我们之间的友情就不复存在。生活充满了遗憾，也充满了无限乐趣，有多少人能理解这种愉快的期盼啊！人们由于忘我的等待而变得格外天真。既然你给了春天我何必放弃，我要把你种在心里，让你长成一棵白杨树。

花开花落 ●●●●

　　一个阳光的午后，我们相遇在咖啡馆。窗外的木棉花开得真红，像燃烧的火焰。你看风中摇曳的那一朵朵花儿，好像是春的脚步，她们在光秃秃的枝条上，和着暖暖的阳光唱着欢快的歌，相互说着悄悄话。一阵风吹过，花瓣就如天女散花般优美地自枝头飘落。你说，你听到了花落的声音，脸上荡漾着淡淡的忧伤。花落也是美丽的，花儿已经将她最美丽的时刻展示给人们。它坠落在那无声的角落里，化成泥土，是为了明年的今天开得更加旺盛。

　　花开花落原本与你我无关，但它却牵引着我们的热情，它伴着春风在汕头的上空飞扬。你说，年轻真好，可以枕着梦入睡，听花开的声音。看着咖啡在你勺子的搅拌下转着圈圈，我仿佛看见了那一树耀眼的橘红色，都飞落在我们的眼前，好一幅美丽的画呀！是谁把洛阳红红的牡丹，绽放在这里？又是谁把巴黎火烈烈的玫瑰嫁接在这里？一切是那么美，又是那么醉人。我说春天来了，我听见了花儿开放的声音。

　　你看着被车轮压过的木棉花在路上留下的印迹说，花落是注定的，就好像是一个人生命的结束。无数个深夜里，你就这样静静端坐在电脑前，写着你喜欢的文字，听着窗外花落一地的声音。你曾经为那些美丽的梨花一夜间飘落而伤感，也为那一树的茶花在一夜之间噼里啪啦地降落而生出无限的怀念。或许花儿的坠落就只是它一生一次短暂的流浪。花儿开放的时候，那五颜六色的花朵，为我们的土地增添了多么亮丽的色彩，她绽放得自信而又温馨，洒脱而又深情，令人痴、令人醉、令人陶然神怡。当它飘落的时候，它不会再暴露那种让人焦灼的奇异的美了，它又把自己奉献给大地。我的目光再一次停留在窗外那红艳艳的木棉花上，空气中飘荡着花儿开放的声音。

　　同样是一种花儿，可我们有着不同的心境。一个习惯听见花落声音的人和一个习惯听见花开声音的人，她们能走到一起吗？花开花落已经不重要了，重要的是美丽的春天来了。你不是说在雨中，你已经听到了木棉花瓣上雨水流淌过的声音，看见了春在花瓣上舞蹈吗？不管是香醇的红花，清雅的白花，

还是脱俗的紫花……她们都是花儿，她们都已经绽出光芒四射的花瓣来了。就这样，我们静静地用心灵交流着彼此的感悟。木棉花依然开得火红，它告诉我心底的许多思忆，许多感慨。

原来，真的懂得了花开花落之后，也就懂得了生命还有那么丰富的情节要体验，我们要懂得放弃也要懂得珍惜。在这木棉花怒放的季节里，我和你相约，用生命里最灿烂的文字来表达我们对生活的渴望，记得呀，明年的今天我们还是来这里，听花开花落的声音。

　　三三，本名王丽莹。1971年生于山东德州，现供职于海口市文联。中国作家协会会员。2003年开始儿童小说创作，主要作品有长篇小说《舞蹈课》、《单车上的少女》等。曾获第六届全国优秀儿童文学奖。

　　作家寄语：只有写作，才能让心在光阴的流失中得到安宁。

青春短章

三 三

鸟

一只很小的鸟，落在我面前的窗台上。它那么小！只有一小握，我用我的小手掌就能把它藏起来。它灵巧地在我面前跳着舞，身上的嫩绿色的羽毛，像是用画笔涂上的颜色。它真是个小机灵鬼！分明对你怀着戒备之心，却装出一副不怕人的样子，"啁啾、啁啾"地叫着，小心地用眼睛的余光打量、观察你。它是一只大自然自己的鸟，我叫它蜂鸟。虽然我从没有见过蜂鸟，但我觉得它就是，我要它是！

我没法向你说清我是多么欢喜！这个大自然的美妙的小友，正对我进行试探性访问。我藏起身体里回旋的喜悦，屏住呼吸，继续背写英语书上的单词。偶尔，我装做漫不经心地从书上移开目光，学着它的样儿，用眼睛的余光观察、打量对方。我要把它当成一小片叶子，一束跳跃的光影。并且，同它保持一种善意的距离。

忽然，猝不及防中，我和它的目光相遇了。我的腿在桌子底下轻轻地颤抖了一下，心咚咚咚地狂跳起来。我们相互凝视着，微微地紧张与惊讶。那一瞬间，仿若一个世纪般漫长。它圆溜溜的小眼珠那么黑，那么亮，深不可测，仿佛能看透人的灵魂。忽然，它收起目光，低下头，用尖尖的棕色的喙梳理起嫩绿的羽毛来。

我轻轻地舒了口气，放松下来。我准备翻开课本，读上几行，检查一下

自己是否被它摄走了灵魂。

还好，它还在。

夜

我想到外面走一走。

这个念头像水中的浮木时隐时现：一会儿被我忘记，一会儿又被我记起。

我早就注意到，暮色已经降临了。我禁不住一次次走过去，望向窗外。那里，风更凉，夜更宁静，茉莉花墙散发出醉人的香气。

我想到温柔的暮色中走一走。沿着这条街道，在飘散着水姜花与迷迭香，以及晚饭的气息中走上一个来回。我穿平跟凉鞋，棉布裙，头发散落在肩上；我把手插在裙兜里，以使自己更像一个散步者。

我想象街上行人正渐渐稀少，路面上还停留着日间太阳的余温，路旁的那些莲雾树，叶片油绿，在灯光下银子般的闪亮。我缓缓地向前走，一路经过面包房、小苗圃、咖啡厂，以及有着巨大花冠的凤凰树的院子。经过那里，我要转过头去，看看那个矮小的守门人是不是晚上也在扫落花。

暮色更深了，可是，我还站在窗前。

每次仰望夜空，我禁不住去想（别人会不会也像我一样？）：宇宙这么大，而我们又是这么小。一个偶然。一粒微尘。一瞬间……我想知道，在这宇宙间，我是哪一个？而谁又是我？有没有一个人和我长着同样的脸，在同样的身体里藏着同样的思想、骄傲与软弱？有没有一个人，像我一样孤独，没有朋友，只同自己的心交谈；在暮色深深的窗前，期待着将来的相逢？

夜如潮水，我感觉到它的呼吸与涌动。我感觉一种静静的喜悦正悄悄走近，以猫步的轻盈，以不可阻挡的力量。它正走在路上。

我感觉生活开了一个小口子，一股清爽的风正从那里吹进来。

传奇

告诉我，我怎样才能按捺住满心的惊讶，用平静淡定的语气向你讲述今天所发生的这一切？

在我没有弄懂梦境暗示的这一天，在一阵突来的雨中，在街道的拐角处，在我毫不设防的那一刻，我看到一个和我长得很像的女孩，或者说，我看见我自己，头顶着书包，和一个女孩子低声说笑着，轻快地跑过去了。

我错以为，那迎面走过的她，是我映照在玻璃门窗中的影像。多么熟悉、亲切，伴随着隐隐的羞愧与自怜（在十四岁的这一年，我曾暗暗羞怯于它的平凡与苍白，在每晚临睡前的黑暗中，祈求让它变得更漂亮些）！像风拂过原野，一阵战栗漫过我的身体。

我无法向你描述那种奇妙的感觉，语言是这么的不可靠，当它一出口，它就偏离了真实的方向。

像双生子。像扮演两个角色的同一个演员。像一组有着相同表征的多音多义字。像一个人的左手和右手。像两滴水一样相似……

你知道，在此之前，我曾经一次次想象、感知她，就如同隔岸欣赏水中的睡莲，愚钝，阻隔，止于想象与幻觉。为什么，在梦里我听到她向我走来的脚步声，而当她走近，我却浑然不觉？

是不是就像人们通常所说：人，就像瓷器一样易碎，所以，上帝造人的时候，多做了一个复本？那么，我想知道，在我们俩之间，谁是范本，谁又是复制品呢？

我怎样才能让你相信，这一切都是真的，而不是我的杜撰？

他

我看见大街上的水积成了河，天漏了般，雨还在不停地下；雨打在水面上，绽放出千万朵雨花，然而瞬息之间，它就破灭了。我看见门前花坛里的那些花，在风雨中瑟瑟发抖，那些被吹落的花瓣，在水中随波漂浮；一块横木被雨推操着，跌跌撞撞地向街心漂去；我看见一个人在水里骑着自行车，速度之慢仿若电影中的慢镜头……

我什么都看见了，又仿佛什么都没看见，我的一颗心惶惑、纷乱，像身外的这个世界一样动荡不堪。

现在，我站在木架子后面，我的身子小树一样微微战栗，我的心跳得比蜂鸟拍翅的速度还要快。我感觉额头上被他吻的地方，一下一下地跳动，那么鲜明、突兀，仿佛一个被标注了的画线的句子，不断地提醒你此前所发生的那一幕。

那只不过瞬间发生的事！快如思想，还没来得及害怕、羞赧，还没来得及喊出我的反抗，我的额头上便着了他轻轻的一吻。一切全都打乱了。

怎么会是这样？在所有关于他的想象中，它在意料之外，思想不能抵达处。这不是我想要的，从一开始就不是！他于我，永远是人生行路上一汪清清的水泽，若泛滥成一道水域，我该怎么小心地退避着远离？

我想要一个好朋友，可以互相分享与交流，那些成长中的孤独、快乐、迷茫与不适。当夜晚来临，寂寞水一样漫过周身，在黑暗中他是唯一可以呼唤的名字；当所有的人都离开，背弃如刀子一样插在胸口，你回转身，看见他仍在那里守候。

就像你，ZZ；就像另一个我自己。

我要藏起我的惶惑与慌乱，像树叶在夜间翻转到另一面；我要小心地把它收藏起来，做个记号，沉入不可碰触的时光深处。

我要凭着感觉寻找，那一个人，在梦里我听过她的脚步声，在街上我见过她的脸，安全，忠诚，不离不弃……就像你，ZZ，就像另一个我自己。

我要一直站在这儿，直到他离开。

香　气

现在，我正行驶在回家的路上。

夕阳正一点一点地下沉，就在我前面，我要一直看着它隐入那片林子后面。傍晚的风那么温柔，仿若手指，或者目光，轻拂起我的头发，像鸟的翅膀轻拍着我的脸颊。

一个小男孩，一只手握车把，另一只手插在裤兜里，忽地从一条小巷飞车过来，擦着我疾驰而去。一个挑着担子的老头，在前面像扭秧歌般合着担子的节拍走，当我骑过他旁边，我看到筐里的水姜花斜溢出来，白色花苞上的水珠莹莹闪亮。

拐过一个弯，穿过世纪广场前面那片凤凰树丛，我知道咖啡厂就要到了。我要在那里慢下来，深深地呼吸，穿过那片迷醉而沉重的香气。

蒋瑞明，1987年生，广东雷州人。小学六年级时写下长篇怪诞小说《上天红娘》，中学时写了近12万字的小说《梦星》并出版成书，现有《阳光时空》一书出版。

作家寄语：树苗是在风雨中苗壮成长的。

芽芽的鸭子

蒋瑞明

草草和花花是两只小鸭子，是芽芽的小叔叔从镇上带回来的。

小叔告诉芽芽，这两只小鸭子本来是镇上一个有钱的邻居买给家里的孩子玩的，可是那孩子没玩几天就不感兴趣了，那邻居就把这两只小鸭子给了小叔叔。小叔叔一个人在镇上工作，也没时间和心情养两只小鸭子，只好把它们带回乡下的老家，说是送给芽芽的礼物，可把芽芽给乐坏了。小叔叔还告诉芽芽两只小鸭子是草鸭，芽芽不知道这两只鸭子和别的鸭子有什么不同，不过她根据小叔叔说的，给两只小鸭子取了名字——草草和花花。因为两个小东西长得一样，都是黄色。芽芽怕认错，于是拿了两条和手指一样长的不同色的线绑在它们的左脚上。草草的左脚绑的是红线，花花左脚绑的是黄线。

爸爸、妈妈跟芽芽说要让草草和花花在笼子里住一阵子，等它们和大家熟悉才放出来。因为，一开始就放它们自由地走动，它们可能就会跑了，或跟别人家的鸭到别处去。

一个大大的有些生锈的碟子是草草和花花的食盘。每天，芽芽都会跟爸爸、妈妈要一些菜叶放进去给草草、花花吃。还有一个矮矮的宽宽的碗，是给草草和花花喝水用的。芽芽总喜欢蹲在笼子边看着草草、花花吃东西。她觉得它们好有趣，长长的、扁扁的嘴不像鸡是叼着东西吃，它们是把东西吸进嘴里后吞掉。

芽芽跟村里的小朋友们说她有两只小草鸭，大家都一起跑到芽芽家里来。常常蹲在笼子前面看这两只小鸭子吃东西。

过了一阵子，爸爸、妈妈点头让草草和花花离开笼子了。这天大家都争着，要拿草草和花花到手中仔细地看看。

"你鸭子的毛还有黑色的?"村子以前只有一个叫丘丘的男孩子的家里养着鸭子，而且养了很多很多。他也常常跟着他的爸爸、妈妈到养鸭的湖边喂鸭。当他知道芽芽家也有了鸭子时，非常不高兴，因为小朋友们都到芽芽家去了，不再来求他带他们到湖边看鸭子了。他听说芽芽的鸭子今天被放出了笼子，就跟过来看看。他发现芽芽的两只鸭子和他家养的有些不一样。

"真的哦。"一个小朋友惊奇地说。

"以前还是黄色的，怎么变了呢?"大家不解地问芽芽。

芽芽这才发现，她也不知道是为什么，向大家摇摇头。

"因为你的鸭子是怪鸭子!"丘丘得意地说，"只有黄色的小鸭子长大了才会变成漂亮的白鸭。你的鸭子这么怪，永远也变不成漂亮的白鸭的。"说完就走了。

小朋友们把鸭子放在地上，大家还继续讨论着芽芽的鸭子为什么和丘丘家的不一样。

可能是因为芽芽的鸭子不在湖里游泳。

可能是因为芽芽的鸭子吃的是菜而不是饲料。

可能是因为……

孩子的想象力是丰富的，大家说了无数个可能和许多的也许。可最后还是无法确定，所以大家决定给芽芽的鸭子试吃各种不同的食物。他们想，这样，芽芽的那两只鸭子长大后一定会和丘丘家的鸭一样，是漂亮的白色鸭。

可过了一段时间后，大家都不敢到芽芽家看鸭子了。不知道为什么，芽芽的鸭子的毛全变成黑色的了。丘丘跟大家说芽芽的鸭子是怪物，所以才会变成黑色的。小朋友们这回不但不到芽芽家看鸭子，还不愿和芽芽玩了。

芽芽只能一个人闷坐在家中，看着两只小鸭子发呆。这两只小鸭子却一点也不因为自己变成黑色而改变生活。它们还是跟平时一样，一起在地上找吃的，一会儿左一会儿右，连步伐都一致，就像在玩游戏一样，自由自在。

一天下午，一只白色的大鸭从芽芽家经过，嘎嘎嘎地大叫。两只小鸭子似乎因为在这村里第一次听到同类的声音就跟了出去。芽芽怕它们丢了也跟着出去，结果在村中的一棵树下碰到了丘丘。

丘丘正和一群小朋友们在玩，见芽芽和她的两只鸭子也到树荫这儿来就不高兴。他学着他妈妈骂他爸爸时的样子，双手叉腰大声地问道："你来这儿做什么？谁允许你到这儿来？"

芽芽不理他，看了看自己的两只鸭子。它们现在又像在玩游戏那样，低下头，嘴不停地在地上找着东西吃。

丘丘见芽芽不理而是看她那两只黑得像木炭的恶心的鸭子就生气。他走过去挡住那两只鸭子的去路，看着芽芽一脸得意地给脚上绑着黄线的花花踢了一脚。花花向后滚了两个跟头。因为丘丘一脚来得突然，花花停止滚动后两只小眼似乎发出迷茫、不解。草草嘎嘎嘎地跑到花花身边。而那只大白鸭张着它那大大的红嘴对着丘丘大叫。丘丘很不高兴地也给了那只大白鸭一脚，吓得那只大白鸭扑着翅膀逃开了。

芽芽自然也很生气，她走到丘丘面前，也和丘丘一样双手叉着腰，鼓着气看着丘丘，用尽力气地大声吼："你为什么踢我的鸭？"

"我乐意！"丘丘也大声地说，说完还用手推了芽芽。一旁的小朋友们见要打架了起哄地大叫起来。

芽芽更加生气了，脸蛋鼓得红红的，也伸手去推丘丘。两人你来我往，最后都抓着对方的手互相推着转来转去。

"嘎啊——"

花花的悲伤的尖叫声震破了天空，让一切停了下来。大家的眼光齐齐地盯住了丘丘的左脚下。

草草的整个身子被丘丘踩住一动也不动了，血像那条红色的线一样，从丘丘的脚下流出来。

"快跑啊！"周边的小朋友们看着知道出事了，都纷纷跑开了。丘丘也被吓了一跳，不是因为那红红的血，而是花花那悲伤的尖叫声。

等大家都跑开后，丘丘才反应过来，推开还在惊恐中的芽芽。

爸爸、妈妈又把花花关进了笼中，他们说不能再让花花乱跑了。

芽芽好多天不说话了，只是看着花花。花花回到那个和草草一起住的笼子中躺着，一连好几天没再吃东西。它思念它的朋友，在为朋友的离去而伤心。爸爸和妈妈看花花几天不吃东西开始担心了，他们商量着怎样让花花吃东西。最后只能用填食的方法，把食物硬塞进花花的嘴中。几天后花花终于开始吃东西了。

时间在一点点地过去，村里的小朋友们慢慢地忘了草草被踩的事，又像从前那样开心地一起玩了。而花花也好像已不再那么悲伤了。芽芽也跟大家说话，对大家笑了。

过了两个月，大家又跑到了芽芽的家，围着花花看。这时的花花已经长成一只大鸭了，它身上不仅有黑色的羽毛，还多了树叶的绿色和天空的蓝色，在阳光的照射下光彩夺目。

大家都被花花的美丽迷住了。

丘丘在芽芽家门口探出头，一双带着悔意的眼睛往里望。他踩了芽芽的鸭跑回家后，他爸爸、妈妈问他发生了什么事，他就把芽芽有两只黑色鸭子的事告诉了他们。他这才知道，原来鸭子也分种类的，自己家里养的是湖鸭，所以长大后有雪白色的羽毛，而芽芽的两只鸭是草鸭，长大后不光有黑色，还有漂亮的绿色和蓝色。他从没见过这样的鸭子也好想看一看，可一想到自己以前那样子就没勇气进芽芽家。

"你在我家门外干什么？"芽芽发现了丘丘，抱着花花走出来。

"我……我……"丘丘不知该说什么，像在认错一样低下了头。

一会儿过去，芽芽问："你也是来看花花的吗？"

丘丘听了赶紧点点头。

"那我们和花花一起到树下玩吧。"芽芽笑着抱起花花就往树下走去。丘丘高兴地跟着她，还有村里的小朋友们。

太阳照在大家的身上，发出耀眼的光……

第二辑　别致诗歌

高凯，1963年生，甘肃合水人。系国家一级作家，中国作家协会会员，第七次全国作代会代表，甘肃省优秀专家。在人民文学出版社等出版有《心灵的乡村》、《夏天的抒情诗》、《想起那人》等诗集和儿童读本，诗作《村小：生字课》获中国作协第五届全国优秀儿童文学奖单篇佳作奖。

作家寄语：孩子是我们生命的延续，儿童文学活动是我的第二个童年。

村小：生字课

高 凯

蛋 蛋 鸡蛋的蛋
调皮蛋的蛋 乖蛋蛋的蛋
红脸蛋蛋的蛋
张狗蛋的蛋
马铁蛋的蛋

花 花 花骨朵的花
桃花的花 杏花的花
花蝴蝶的花 花衫衫的花
王梅花的花
曹爱花的花

黑 黑 黑白的黑
黑板的黑 黑毛笔的黑
黑手手的黑
黑窑洞的黑
黑眼睛的黑

外 外 外面的外

窗外的外　山外的外　外国的外
谁还在门外喊报到的外
外　外——
外就是那个外

飞　飞　飞上天的飞
飞机的飞　宇宙飞船的飞
想飞的飞　抬膀膀飞的飞
笨鸟先飞的飞
飞呀飞的飞……

乡村童诗（组诗）

高　凯

爸爸的鞋

爸爸　你
找不到鞋的时候
便会喊我的名字
你知道是我
偷走了你的鞋
正学着你的模样
大步大步
走路

爸爸　从蹒跚学步
我便尾巴似的
跟在你的身后
蹦跳着
步你的脚印
你的步子好大好大
让我摇晃不定

爸爸　我是
希望像你那样
整日背着双手
勾着头
稳当　踏实
为一个个日子操心
甚至
我想让人一看就知道
我　是谁的儿子

女　孩 ●●●●

妈妈　你听见学校的钟声
在叫女儿去上学了吗
它一直在当当地叫呢
不信　你听——

那就是老师在一遍一遍
点女儿的名呀
女儿多么想端端正正直起身
响亮地答应一声："到!"

女儿不想这么小就被拴在家里
女儿想学校想教室想桌子
想老师身后黑黑的黑板
黑板上多一笔粉笔印儿

女儿眼前就多一条亮堂的道

谁说女孩子念书没有出息
让女儿用手指头蘸着口水
给你写字——
妈妈　你看清了吗
女儿写的正是你一辈子不会写的
你的名字

雪地里的童话 ●●●●

比图画本还要白的雪
在田野里慢慢铺开啦
谁见了都会手痒痒
都想在上面写一写
画一画

一群灰鸽子
真是把人羞死了
竟然像一伙鸡娃子一样笨
写来写去
只会写那么一个寒碜的"个"字
还天天在天上飞来飞去
连自己的"鸽"字
都不会写呢

一只黑狗娃

一个狗爪爪字也不认识

每一爪子下去

却能画一朵白梅花

小花猫不服气

伸长脖子想瞅一下

黑狗娃严严地捂住

汪汪着生气啦

黄牛老爷爷真的饿了

四个大蹄子一抬

给自己画出了四个碗口口

那匹枣红色的小马哥哥最勤快

嘚嘚嘚地拉着一辆大车车

把两道道车辙画得端端的

远远的

月光下 ●●●●

一堆新麦　香气四溢　把一大家子

从田野的四面八方团结在一起

嘘　千万千万不要出声

月亮今夜在天上看着我们呢

一大家子　爸爸妈妈　哥哥嫂子
姐姐姐夫　舅舅外甥　以及——

静静地在场上歇息　共同被月亮
从那么远的地方深情地注视

千万不要出声　让我在这静静的暮年
想想那个首先发现月亮心思的人儿

是不是就是我自己　而月亮第一眼
看见的是不是也是那个会写诗的孩子

老爱指桑骂槐的母亲 ●●●●

上小学四年级时
我知道了一个指桑骂槐的成语
就发现不识字的母亲
老爱指桑骂槐

比如喂猪的时候　母亲
经常指着一窝子猪骂：吃　吃
光知道吃光知道睡吃了睡睡了吃
都是些没出息的东西

我知道母亲真正在骂谁个

因为在母亲骂猪的时候　父亲
和我们姊妹几个刚刚吃完饭
一个个正在打盹儿

而且　当父亲拖着身子又去干活
当我们姊妹又装模作样看书
或者写字　仍在喂猪的母亲
就会马上闭口不语

而且　当父亲干得热火朝天
当我们姊妹都热火朝天地看书写字
母亲又高兴地对一窝猪唠叨个不停 ———
乖乖们　好好吃　都给我好好吃

张怀存，土族，笔名白灵。画家、诗人，中国作家协会会员，文学硕士。曾出版诗集《赠你一片雪花》、《心中的绿洲》、《怀存短诗选》、《铅笔树》等，散文集《听见花开的声音》、《自由空间》等，人民美术出版社出版画集《张怀存画集》。儿童诗集《铅笔树》深受孩子们的喜爱。在我国香港、澳门等地，以及韩国、日本等国家成功举办个人画展。

作家寄语：再小的生灵，也是大自然的生命，如果我们的心灵能与之对话，那我们就拥有了自然的秘密。

铅笔树（外三首）

张怀存

彩色铅笔
是我最心爱的笔
我不小心把它弄丢了

晚上　我做了一个梦
河流
田野
树林
都是　七彩的

到处是铅笔树
五颜六色的铅笔树
它站在画纸上
跳起欢乐的舞蹈

跳呀　跳呀
花儿出现了
向我点点头

小草出来了
向我招招手
还有小星星呢
对我眨眨眼

它们大声对我说：
我们是彩色铅笔舞出来的

我在月亮上

坐在弯弯的月亮上
星星跟我说悄悄话
月亮给我柔柔的光
我坐在月亮上　看书

亮亮的星
柔柔的月
暖暖的我

月亮是一盏灯
我在月亮上　画画

阳光是一种语言

阳光是一种语言
一种可以聆听的语言

早晨

阳光跑出来

用最明亮

最清晰的声音

和绿色的叶子说话

地上的花儿

竖起小耳朵静静聆听

阳光微笑着和花儿打个招呼

晴朗的天空里

阳光欢快地走着

大地上的我们

轻松地聆听阳光的语言

摇呀摇 ●●●●

星星走到我的床边

眼睛一眨一眨

小猫躺在我的被子上

胡须一翘一翘

小兔趴在我的床底下

耳朵一抖一抖

我的布娃娃
静静守在我的怀里

妈妈的歌声
从书房里飘过来
钻进我的耳朵

摇呀摇

王立春，满族，辽宁阜新人。中国作家协会会员。创作的儿童诗曾获冰心儿童图书新作奖、陈伯吹儿童文学奖优秀作品奖、文化部蒲公英奖等多个奖项。儿童诗集《骑扁马的扁人》获第六届全国优秀儿童文学奖。儿童长篇小说《魔法向日葵》获辽宁省首届未成年人优秀文艺作品奖。2006年出版儿童诗集《乡下老鼠》，同年获"辽宁文学奖——青年作家奖"。现供职辽宁省作家协会文学少年杂志社。

作家寄语：当我找到儿童诗这种艺术表达形式，写诗变得简单和自在，如同我自己恣意地成长。

大眼贼 （外二首）

王立春

夜里
听不见老鼠走来走去的声音
妈妈　我们的老鼠
又到田里去了

他站在谷地旁
看大眼贼拽谷子
谷粒眼泪刷刷地掉
他却哧哧笑

那个家伙
看他眼睛又大又水灵
却是田里的大盗贼
偷过荞麦未成年的孩子
和玉米的金牙
还在黄豆的家里
把黄豆的荚骨打断了
疼得黄豆满地乱滚
这个恶棍

整天在外边游荡
我们的老鼠竟跟他混在一起
有时还把他的草帽
拿回家来
歪着戴
像个十足的流氓

该管管我们家的老鼠了
跟大眼贼能学出什么好呢

天快亮时
老鼠翻墙回来了
脚步声很响
穿一双新花生皮做的鞋吧
准是大眼贼送他的

妈妈　你听
老鼠把箱子翻得叮哐山响
大眼贼准是劝过他了
他是不是打算明天
离家出走
也搬到田里
做大眼贼呢

墙上的窟窿 ●●●●

妈妈　我在墙上
凿了许多大大小小的窟窿
别糊上
那是我的宽银幕
电影城

夏天的夜里
月亮把光调得强强的
投到我们的墙上
你看
墙上的窟窿们动起来了
那个大鼻子的家伙
拿着锤子　钉钉儿
把土都震落了
（有时你都能听见墙土落地的声音）
系一个扣子的女人
慌慌地找孩子
她的大头孩子
一边爬　一边哭着
（你听不见孩子的哭声吗）
还有三条腿的猫
踮着脚跳来跳去　满墙
找腿

（谁知道那条腿哪儿去了）
靠墙的老头
不停地掉眼泪
有一滴大大的眼泪落到了柜子上
（柜子被砸疼了　哎哎叫）

今天夜里　妈妈
我来请你看新片儿
墙上的故事每天都不一样呢

妈妈　你说你最崇拜导演
其实　你的身边
就有一个
你没有觉察到吗

鞋子的自白 ●●●●●

这一辈子
不做一只小孩的鞋子
真是白活

大人的鞋可真没意思
抹着油光光的头
走起路来
还腆胸腆肚

我愿意抱着胖乎乎的小脚丫

摇头晃脑地

到处跑

我喜欢钻土堆

黑色的大甲虫

会让我浑身挂满泥巴

像个风尘仆仆的将军

为了追一只蛤蟆　我可以

义无反顾地冲进河里

宁可浑身湿透

也要把那个家伙踩到脚下

谁像我一样　能不停地

踢一个小石子儿呢

让小石子享受上天的感觉

当然有时我也会歇下来

停在路边的草丛

和小花朵慢条斯理地唠嗑

再弄一顶金丝小帽戴

那是蜘蛛朋友早为我织好的

大鞋子会把自己扮成能干的汽车

拉满沙子到处跑吗

大鞋子会飞到空中

拽着树梢儿玩吗

当然　做一只小孩的鞋子
非得坚强
额头摔破了也不哭
牙齿磕掉了也不怕
就是豁豁着嘴
也绝不喊疼

唉　胸前别着名牌的大鞋子呀
他们就连睡觉
都不敢翻身

小孩的鞋子能让脚长大
大人的鞋子却让脚变老

沙坨子与狗牙根儿（组诗）

王立春

在辽西，科尔沁沙漠的风沙正日夜向章古台这块绿洲逼近……

白骆驼

一阵沙暴过后

荒漠上落了几只白骆驼

走近一看　天哪

那是科尔沁沙漠派来的大沙坨子呀

夯实实地站在

章古台的身后

树林子撵不跑

小河流推不动

只要日夜有沙子吃

沙坨子就会胖起来

长大了的沙坨子

可就不得了啦

丝绸之路被它们一口一口吞掉了

楼兰古城被它们一点一点踏破了

小樟子松像骑兵一样冲上来
他们的胳膊
却够不到沙坨子的头顶
沙棘树和爬地松像坦克一样压上来
沙坨子一拱身
就把他们掀翻在地

沙坨子狞笑着
一步一步
向前挪

小小狗牙根儿

狗牙根儿是最不起眼的草
不起眼的草却盖满了草原
狗牙根儿知道沙坨子来了
敌人来了谁都要上战场

小个子的狗牙根儿
一手拿着硬杆毛瑟枪
一手举着草叶盾
忽啦忽啦站成了一片
他们向沙坨子发起了冲锋
一场保卫战在草原打响

听不到杀声震天
看不到刀光剑影
小小的狗牙根儿和沙粒滚成一团

没等沙坨子站稳
狗牙根儿们便一拥而上
他们爬上沙坨子的粗腿
他们咬住沙坨子的脚筋
迈不动步的沙坨子
愣在那里
沙棘树和爬地松跑过来
毛烘烘的树枝　把沙坨子
捆个结实

可是　许多狗牙根儿
却被压死在　沙坨子身下
他们还那么小
他们还没来得及长大
他们还不知道
开花是什么滋味

不息的战争 ●●●●●

章古台的狗牙根儿铺天盖地
章古台的沙坨子一个个被降伏
有多少沙粒就有多少狗牙根儿

有多少狗牙根儿就有多少绿色

等到沙坨子浑身长满了绿色
白骆驼就变成了绿骆驼
骑着绿骆驼的狗牙根儿
成了征服沙漠的小英雄

到章古台
千万别乱揪一根小草
一根小草紧紧地看着一粒沙子
那是他们终生的使命

他们就是狗牙根儿
他们就是狗牙根儿

安心，又名安昕。中国作家协会会员，国家一级作家，内蒙古作家协会秘书长。著有散文诗集《布娃娃》（作家出版社1997年出版）、《裙兜里的苹果》（远方出版社2003年出版）、《安心爱情散文诗选》（新华出版社2006年出版）、长篇历史小说《柔然公主》（待出版）。另有诗歌、文学评论作品散见于海峡两岸的文学报刊。

作家寄语：在写作中让自己的心灵与文本接近完美。

风 景（外二首）

安 心

小姑娘的时候，我把你当成世上最高的树。

梦见，躺在你温馨的树下，饮小鸟的乳汁，吃月亮的苹果，读草地的太阳……从此以后，森林变成了我的故乡。

成熟长大后，我愿独自站成一株独特的蒙古黄榆，与你并肩，成为两棵树的风景。任何时候，你都可以摁响我的门铃，把你的忧伤挂在我的眉睫上。

梧桐树下

要来，你赶快来，我的老家在黄河北岸。

一棵梧桐树，一棵年轻的梧桐树站在深深的庭院。
她苗条俊俏、葱茏挺拔，就像老祖母年轻时优美的腰身。她的巍巍花冠，把全村照得通明，当然也能把我们的灵魂燃亮。

要来，你赶快来，我的老家在黄河北岸。

咖啡伴侣

也许再一次离家出走；也许因了平淡苍白而感到生活的索然；也许内心的莫名躁动常致我于深深的苦难；也许总是一颗漂泊的心找不到停泊的港湾；也许生命的度过苦与乐参半、梦与醒对立；也许生命的年轮愈是刻上岁月的痕迹，生命的本质尽显苦痛与光华；也许每一次受伤都是为了更靠近你……

我的孤独任性只有你的胸怀才能包容。

我的梦幻激情只有你的心空才能给予。

我的青春韶华只有你的爱恋才能润泽。

我依然是你数学糟糕透顶的笨姑娘，我依然是你心海纤尘不染的咖啡伴侣。

萧萍，湖北沙市人。戏剧学博士，副教授。现为上海师范大学人文与传播学院戏剧影视文学系副主任，硕士生导师。中国作家协会会员，上海作家协会签约作家。主要从事儿童艺术研究与创作，发表近100万字作品。出版有《春天的浮雕》、"开心卜卜系列"（四卷本）、《青艾的歌剧》、《和方舟约会》等多部深受小读者喜爱的长篇作品。曾获冰心儿童图书大奖、全国青少年优秀图书奖、陈伯吹儿童文学奖、冰心儿童图书新作奖大奖、上海市幼儿文学一等奖等。

作家寄语：没有什么比写字更美好。

四重奏第831号：朋友们

萧 萍

漂浮着的冰，

趴在浅湖妈妈的胸前熟睡。

它们都有着雪白的睡袍，

大眼睛安静的蓝，

爪子很淡很淡，

风吹过来有些微微发抖。

它们清澈地凝视，

用牙齿彼此轻咬，

哈出好多看不见的气。

在清晨的湖面上，

它们醒来的第一件事就是

亲一亲浅湖妈妈，

让最小个子的银鱼

缓缓地从身体穿行过去。

它们头挨着头，

想了很久，才害羞地

说出今天的第一句话——

嗨，我喜欢你！

二 ●●●

你说，还有什么比那些
用干净的旧手帕包扎的东西
更为秘密？
一只因为没有背带
而急得满脸通红的书包，
一本永远只写对了一半的数学题；
一匹断了腿却仍然站得笔直的瓷马，
马上的士兵光着脚丫，
他的头盔早已经被姐姐扔到
窗外的灌木丛里。
你说姐姐为什么会发这么大的火呢？
难道就因为我们偷了她的口红，
而且又把它涂在小狗的嘴巴上？
你说小狗为什么
会那么大声汪汪叫个不停啊？
难道它真的以为，
涂了口红就变成了另一个美女？
你说你说呀，到底是什么
是什么让我们这么多年不见，
却依然能顺着香气
钩住彼此的小拇指头，
像一只蚂蚁找到一滴琥珀色的蜂蜜。

三 ●●●●

你能告诉我吗，

亲爱的老苹果冻，

那些鸭子们到底都去了哪里？

它们耳朵后面被你拔掉的白毛，

是不是早已经长出来了？

为什么这样的好事，

总也轮不到我啊？

为什么我只能放哨站岗，

用鸭子一样傻乎乎的黑眼珠，

望着根本就没有敌人的远方？

可我喜欢和你们在一起，

我喜欢那些突然之间

鼓起来的快乐，

我也喜欢那些恶作剧后

扁扁的惊慌。

你能告诉我吗，

我如何才能顺着那些鸭子

和它们耳背后的白毛，

找到你们呢？

我发誓，

我会永远保守秘密，

哪怕做一个一动不动的木头哨兵。

四 ●●●●

这是我的湖，
虽然它小得可怜，
就好像一顶破旧的毡帽。
可我喜欢当破毡帽的国王，
看望湖底最可爱的怪物和水草，
它们都睁着毛茸茸的眼睛，
争先排队等候国王的接见。
我答应你——
会用比较大的声音
用力亲一下它们的眉毛，
就好像它们是一只只
刚出炉的新鲜羊角面包。
然后，我再用小声音
去亲一亲它们的额角
我真希望那里能有一千匹小鹿，
可以同时跳跃奔跑；
最后嘛，我会
重重地亲一下它们的嘴巴，
我可不希望它们
一边擦着嘴一边委屈地抱怨：
这是什么鬼地方，
连一块冰糖也找不到！
我要它们用雷一样的声音说：

啊亲爱的国王，
我们吃得很饱，
我们愿意为您永远永远效劳！
嘿，这就是我的湖哦，
虽然从远处看，
它真的很像一顶破毡帽。

150

小山，本名贾秀莉。1993年开始儿童文学创作，发表过多篇童话、儿童散文、儿童诗。作品在《儿童文学》、《少年文艺》、《世界日报》（台湾）、《文艺报》等报刊上发表。并入选《中国儿童文学精品·童话卷》、《一路风景》、《青鸟飞过》《梦里花香》、《春香秋韵》等十几种书中。

曾荣获冰心儿童图书新作奖大奖、"安徒生杯"全国儿童文学大赛成人组二等奖、辽宁省儿童文学奖等奖项。被《儿童文学》杂志读者投票分别评为2005、2006年度"魅力诗人"。

作家寄语：感谢孩子！当我像孩子一样看待世界，我感到我看到了天堂。

我家的南山是一只大猫（外三首）

小 山

我家的南山是一只大猫
在刮狂风的夜里
酸脸皮地吼叫

有时流星吓得倒栽下来
有时峡谷的石头逃跑得像老鼠

白天，它盘蜷着身子狠狠地睡觉
享受太阳，它可真内行
还梦见自己卧在静静的蓝水湖旁

——哪管马尾松疯长在它大脑袋上
——哪管杜鹃花调皮地开到它尾巴尖上

受惊吓的甲壳虫 ●●●●●

甲壳虫往脑袋上别着发卡，准备
去蜗牛家参加 Party

一侧脸，看见了一只
胖乎乎的大脚，紧跟着又有一只
横行霸道走过来

她赶紧攀爬到
三叶草上；还想逃进
洋铁菜下面。大脚一转眼
踩倒一片抽穗的芒草
马上就走近了她身边的香蒿

"车前子，救救我！"
她大声喊了出来

车前子却摆出一副愚蠢的模样
——"踩我吧，欢迎人的大脚"
仿佛他被踩扁过一万次了
一点儿血没流，是敢死队的大炮

甲壳虫不能向鸟儿求援啊
鸟儿的尖嘴正要欢迎她给开胃

153

哦，只有立即对上帝祈祷：主啊
弱小者渴望活下去的理由

是不是大脚比上帝还厉害？它
满不在乎踩倒了香蒿！眼看
就要让甲壳虫灭亡了

她闭上眼睛心里懊恼
天哪，总算知道什么叫强暴……咦
一块有棱有角的小石头
来主持公道！在那大脚底下
猛地鼓了一个劲儿
那人一趔趄，灰溜溜拐弯了

狭路相逢 ●●●●

为了让一个小女生尖叫
一条肉滚滚的大绿虫子
气势汹汹地爬过来
一点儿不管小女生的胆小

好了，小女生停下给它让路
像警察规规矩矩突然站住
对闯红灯的癞蛤蟆
惊诧地看着……

逛　街 ●●●●

又要去逛街了

我像个毛线熊，被妈妈
不在乎地拎着
已经根本走不动了
妈妈还是马大哈一样
不管不顾
往前逛
（我总算知道我不比一条裙子重要！）

妈妈究竟看到了什么呢？
我紧跟在她的大腿旁边歪歪倒倒
眼花缭乱
看到的都是来来往往的大腿
（有的太难看了）
哪里有什么别的有趣儿的东西？

这些挤来挤去的大腿
谁也不答理谁，毫无表情地走过
我累得快嘴啃泥了
也没有谁要把我抱起来

此刻我想爸爸啊

如果我能骑在他脖子上
就会和妈妈一样看见一排排柜台
和橱窗，有多漂亮！

汤萍，创作方向是幻想小说、童话、童诗、绘本和动画剧本。至今已出版11本书。2007年《魔书》获第五届云南省文学艺术创作奖文学奖二等奖，2007年2月童话《魔法城历险记》获昆明市第三届优秀文艺作品创作"茶花奖"文学类金奖，2006年童话《魔法城历险记》获冰心儿童图书奖，2004年12月《魔书》获昆明市第二届优秀文艺作品创作"茶花奖"文学类银奖，并于2006年获得了云南省政府、云南省文化厅、云南省文学艺术界联合会联合评选的"四个一批人才"的云南文学艺术新人奖。

作家寄语：如果我的作品使读者获得快乐、成长、完善的人格和智慧，那就是我最大的快乐。

小天使幻想曲（组诗）

汤 萍

妈妈，我原来是天上的一个小天使，因为迷路了，才跑到了你家里。

——题记

小设计师

妈妈，你说想要一个温暖的家
那么，让我为你设计一个安歇的小屋
当你疲惫时可以做一个甜美的梦
好吗

我要把碧蓝明澈的天空裁下
做成天鹅绒一样华贵的屋顶
我要把广袤无垠的大地搬来
作为我们休息的小床
我要采摘下夜空中最明亮最耀眼的星星
缀满天花板
让他们不停地闪烁 闪烁
彻夜不息照亮你的笑颜
还有 还有

我要种下大树做我们乘凉时的椅子
我要栽出青青的小草做绒绒的地毯
我还要让小花开放
织出绚烂的油画
……

可是　这些都还不够　还不够
妈妈　我还要去偷来小鸟的叫声
当夜色降临
让他们为你唱起催眠的小夜曲
那时，我就守在你的身旁
看着你幸福地睡去

小渔夫 ●●●●

妈妈　你问我
亲爱的小渔夫
渔网已经织好
你准备打捞什么呢
妈妈　告诉你一个很大很大的秘密
我要打捞全世界最珍贵的宝藏

我要打捞妈妈送给我的第一个吻
把它印在所有小孩子的睡梦里
他们的梦也因此甜蜜而美丽
我要打捞小人鱼清晨的第一声歌唱

送给那个一直在寻找她的王子
让他们能最后相遇
我要打捞夕阳的最后一缕霞光
托风儿寄给飞鸟
引导它们飞回到歇息的彼岸
我要打捞沉没的微笑和歌声
送给乘船远航的旅人
让他们一路欢歌笑语
我还要打捞希望、光明和梦想
撒播到每一个角落
让世界充满温暖和阳光
……

我们还要相约着去打捞
第一缕春风的信息和
第一只从冬眠中醒来的棕熊的吼叫
如果有人问我
为什么不去打捞传说中的金银财宝
哎呀　哎呀
这真是个可笑的问题
难道那些才是大人眼里的宝藏？
那么　就把它们留给大人们去寻找吧
而我们　现在就要出发远航

小厨师 ●●●●

妈妈　明天是你的生日
你说　想吃世界上最美味的晚餐
让我为你做
好吗

我要请贪吃的小兔子送我几根胡萝卜
我要请顽皮的小猴给我几个仙桃
我要请可爱的小松鼠运来松仁
我还要请憨厚的小象拿来香蕉
……

好啦好啦　所有小动物都不要闹啦
切好了胡萝卜、仙桃、松仁和香蕉
大家一起开始做水果沙拉

收集一地清凉的月光
做银灿灿的月光酱
先加入一勺如水的温柔
采摘满天眨眼的星星
做亮闪闪的星星油
再加进一些诗意的梦幻
采集芳醇的露水做蜜糖
又增加几滴甜蜜的芬芳

还要　还要
加入呼啸的风和轻快的雨
加入欢乐的鸟鸣和明媚的阳光
……

妈妈　亲爱的妈妈
请你品尝这美味的晚餐
我知道　这时候
你是世界上最幸福的妈妈
我是世界上最快乐的孩子
我们一起欢乐地歌唱

后　记

高　凯

　　孩子是我们生命的延续。

　　儿童文学活动是我们的第二个童年。

　　呈献在读者面前的这套儿童文学精品集，应该堪称当代儿童文学一个重要事件精神志向的集中体现。2007年5月9日，由中共中央宣传部、中国作家协会开设的为期三个月的鲁迅文学院第六届中青年作家高级研讨班（儿童文学作家班）隆重开学。经过基层作协推荐和中国作协选拔而产生的以第五代儿童文学作家为主体的53位优秀儿童文学作家，心藏天真、单纯、好奇、幻想，甚至调皮，怀着同一个精神理想和神圣使命，五颜六色地从祖国的四面八方走到一起，潜心专修儿童文学。中国作家协会、鲁迅文学院高度重视，铁凝、金炳华、张健、陈建功、高洪波、陈崎嵘、胡平、白描、王彬等所有领导全部出席了在鲁迅文学院五楼会议厅举行的开学典礼。这是建国以来首次由中央财力支持举办的时间最长的一次儿童文学高级研讨班，是当代儿童文学事业的一件大事，无疑应该进入中国儿童文学的历史记忆。

　　本来，能参加这次学习，我就已深感荣幸，没想到我还十分荣幸地被点名代表53位学员在开学典礼上作了发言，随后又被推选为本届高级研讨班的班长，与另外15位班干部一起为全班同学义务服务。班委会成员还有副班长汤素兰、文艺委员王立春和张洁、纪律委员杨永超、体育委员谢华良和刘东；班党支部成员有支部书记曾小春、支部副书记张楠、组织委员聂萧亥、宣传委员萧萍；五个小组长分别为张玉清、于立极、林彦、韩青辰和保冬妮。这虽是一个临时组合，但却是一个品质优秀充满激情的团队。在鲁迅文学院几位领导和班主任李东华、郭艳老师的呵护和引领下，大伙各就各位，各司其职。每一个人的肩上，扛着一份荣誉，也扛着一份责任。一班之长，担子无疑更重。为了报答鲁院和同学们的信任，我觉得应该带领大伙给全班同学做一点实实在在的事情。这样，充分利用鲁迅文学院这个平台，积极营造和谐环境，创意新颖的校园文化，便成了大家的共识。

鲁迅文学院是作家的摇篮。当代中国文坛一大批杰出的作家，都是从这里汲取了营养和力量，而不断为社会创造着精神财富，塑造着文学的国家形象。而儿童文学，不仅关乎文学事业，还关乎下一代的成长和祖国的未来。因此，每一位同学都明确自己责任和使命之所在，都十分珍惜这次学习深造的机会，都十分看重这个用鲁迅的名字命名的学校。为了扩大同学们的文学成果，提升同学们的文坛注意力，我们及时策划、编辑了50余页的本届作家班《作家创作资讯汇编》，积极向出版社、影视制片人和动漫商推荐同学们的最佳最新作品。

本届作家高级研讨班，可以说集合了全国各地活跃在儿童文学领域较为优秀的中青年作家，不同的文化背景、生活阅历、文学素养和艺术精神，使大家在小说、散文、诗歌、童话和寓言等方面的书写，景象各异而富有成果。相聚鲁院，作家们得到了这样一个难得的机会：集体亮相，给读者一个意外的惊喜！当由学员自己动手编辑自己的"代表作选"和"新作选"的创意一先一后提出之后，不但得到了全班同学的热烈响应，还引起了京城几家出版社的兴趣。著名儿童文学作家和儿童文学出版家、接力出版社有限公司副董事长兼总编辑白冰老师，独具慧眼，在先后获得这两个选题信息的第一现场，即慨然应允由接力出版社来打造这套品牌图书，并当场敲定在本届作家班毕业典礼时作为同学们对中国儿童文学的献礼之作强力推出。此深情之举大义之举，令全班同学欢欣鼓舞，拍手称快。此外，在这一选题提出的第一现场，还得到了高洪波老师的肯定和热情支持。

我们未敢怠慢，紧锣密鼓地行动起来。在常务副院长胡平老师、副院长王彬老师和班主任李东华、郭艳老师的鼓励下，由班委会牵头，我、汤素兰、

曾小春三个班委会、班支委主要负责人分别担任主编、副主编，其他成员自然都成了编委。人手不够，随后又吸收了班上计算机高手、年龄最小的男同学鲁奇参与。因为得到了全班同学的积极配合，不到两周的时间，稿子就基本征齐。白冰老师催得紧，我们又马不停蹄地将书稿送交胡平和王彬老师一一审阅，并进一步获得了中国作协几位领导的关心和支持。让我们深为激动的是，我们不但得到了高洪波副主席在百忙中撰写的序言，还得到了金炳华书记、张健副书记在开学典礼上的重要讲话，使这套书开卷即大放光彩。其鼓励和期望，殷殷之情，溢满字里行间。而白冰老师，在悉数接到书稿后，也是紧锣密鼓，挑选得力的责编和美编，精心装扮，使这套凝聚了中宣部、中国作协、鲁迅文学院、接力出版社和53位优秀儿童文学作家无限爱心的精神大书如期梓行。

　　毋庸置疑，这套优秀儿童文学作品集，是以第五代儿童文学作家为主的鲁迅文学院第六届中青年作家高级研讨班儿童文学作家辛勤耕耘的重要收获和真情呈现，必将会受到广大青少年读者朋友的喜爱，并成为研究当代中国儿童文学创作的最新文献。

图书在版编目（CIP）数据

彩虹飞扬的天空（散文·诗歌卷）/高凯，汤素兰主编. —南宁：接力出版社，2007.7

（儿童文学名家新锐精品系列）

ISBN 978-7-80732-937-4

Ⅰ.彩⋯ Ⅱ.①高⋯②汤⋯ Ⅲ.①儿童文学-散文-作品集-中国-当代②儿童文学-诗歌-作品集-中国-当代 Ⅳ.I287

中国版本图书馆 CIP 数据核字（2007）第 097122 号

责任编辑：苗 辉
装帧设计：小 璐 责任校对：张 莉
责任监印：刘 签 媒介主理：覃 莉

出版人：黄 俭
出版发行：接力出版社
社址：广西南宁市园湖南路 9 号 邮编：530022
电话：0771-5863339（发行部） 5866644（总编室）
传真：0771-5863291（发行部） 5850435（办公室）
网址：http://www.jielibeijing.com http://www.jielibook.com
E-mail:jielipub@public.nn.gx.cn

经销：新华书店

印制：中国农业出版社印刷厂
开本：710 毫米×1000 毫米 1/16
印张：11.25 字数：195 千字
版次：2007 年 7 月第 1 版 印次：2007 年 7 月第 1 次印刷
印数：0 001—5 000 册
定价：18. 00 元